ALFAGUARA

Nuevos cuentos argentinos

Antología para gente joven

Jorge Accame
Marcelo Birmajer
Leopoldo Brizuela
Graciela Beatriz Cabal
Jorge Consiglio
Pablo De Santis
Griselda Gálmez
Lucía Laragione
Luis María Pescetti
Silvia Schujer
Ana María Shua
Fernando Sorrentino
Perla Suez
Esteban Valentino
Ema Wolf

2001, Aguilar, Altea, Taurus, Alfaguara S.A.
Beazley 3860 • 1437 Buenos Aires

ISBN: 950-511-748-5
Hecho el depósito que marca la ley 11.723
Impreso en Argentina. Printed in Argentina
Primera edición: octubre de 2001
Primera reimpresión julio de 2003

Dirección editorial: Herminia Mérega
Edición: María Fernanda Maquieira

Diseño de colección:
José Crespo, Rosa Marín, Jesús Sanz

Una editorial del grupo **Santillana** que edita en:
España • Argentina • Bolivia • Brasil • Colombia
Costa Rica • Chile • Ecuador • El Salvador • EE.UU.
Guatemala • Honduras • México • Panamá • Paraguay
Perú • Portugal • Puerto Rico • República Dominicana
Uruguay • Venezuela

Nuevos cuentos argentinos

Antología para gente joven

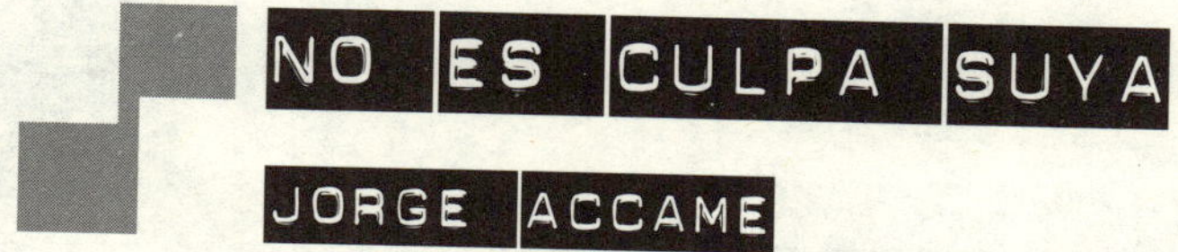
NO ES CULPA SUYA
JORGE ACCAME

JORGE ACCAME

Nació en Buenos Aires en 1956 y vive en San Salvador de Jujuy desde 1982. Ha publicado libros de poesía: *Golja* y *Cuatro Poetas*; varios de cuentos, entre ellos: *Diario de un explorador, El jaguar, El dueño de los animales* y *Cartas de amor;* las novelas: *El mejor tema de los '70, Concierto de Jazz* y *Segovia o de la poesía*; y tres obras teatrales: *Chingoil Compani, Suriman ataca* y *Venecia.* En Alfaguara Juvenil publicó el libro de cuentos *Ángeles y diablos.*

Hoy en la clase, un alumno se transformó en lobo. Un lobo negro que me miraba, jadeando, parado en sus cuatro patas sobre el banco.

Yo le pregunté:

—Ayarde ¿le pasa algo?

Él no respondió, se le estrecharon los ojos y empezó a gruñir.

Mandé a otro chico a buscar al jefe de preceptores.

El lobo me observaba con la boca entreabierta, clavando sus dientes en el aire.

Un hombre llegó; era calvo, bajo, relleno. Sus rápidos movimientos daban una lujuriosa sensación de eficiencia. Dos muchachos con overol lo acompañaban.

—Soy el jefe de preceptores. No se preocupe, profesor. Nosotros nos encargamos de esto —me dijo mientras se ponía unos guantes e indicaba las posiciones que debían ocupar sus ayudantes.

—¿Qué van a hacerle? —pregunté.

—Usted hizo lo correcto, profesor —dijo y sacó de un maletín varias sogas.

En seguida desplegaron su estrategia. El jefe de preceptores enlazó al lobo por el cuello. Uno de los jóvenes lo sujetó del costado, con otro lazo. Cuando tensaron las cuerdas inmovilizándolo, el segundo ayudante le colocó un bozal y una capucha de género. El lobo se revolvía como un huracán. Los útiles que se hallaban prolijamente distribuidos en su pupitre (Ayarde siempre había sido ordenado) cayeron y se desparramaron por el suelo. Me estremeció el ruido de látigo que provocaron al rebotar contra las baldosas.

Los tres hombres sacaron al lobo arrastrándolo, sus gritos me recordaban a los de la gente que hace mudanzas mientras maniobra algún mueble pesado.

Apenas traspusieron el umbral, cerré la puerta y el curso se inundó de un silencio pesado, acuoso.

Sobre el polvo del piso había quedado marcada con fuerza una sola huella alargada desde el banco del muchacho.

A través del cristal, vi, como en una película muda, que introducían al lobo en una caja metálica, blindada, empujándolo con picas.

El jefe de preceptores regresó.

—Ya nos vamos, profesor —me dijo.

—¿Adónde lo llevan? —pregunté.

—Al sótano. No se aflija, profesor. Esto no es culpa suya.

—¿Va a estar bien?

—Nunca se sabe. Lo metemos con otros en una habitación amplia. A veces pelean.

Lo contemplé alejarse hacia las escaleras, la caja se deslizaba sobre una plataforma y hacía un chirrido molesto.

Cuando volví la mirada al curso, todos los alumnos se habían refugiado en el fondo de sus cuerpos, temerosos de convertirse en lobos también ellos.

Saqué mi libreta de calificaciones, una regla y una lapicera. Con cuidado taché el nombre de Ayarde de la lista.

SOFÍA, EL PASTOR
Y EL LOBO
MARCELO BIRMAJER

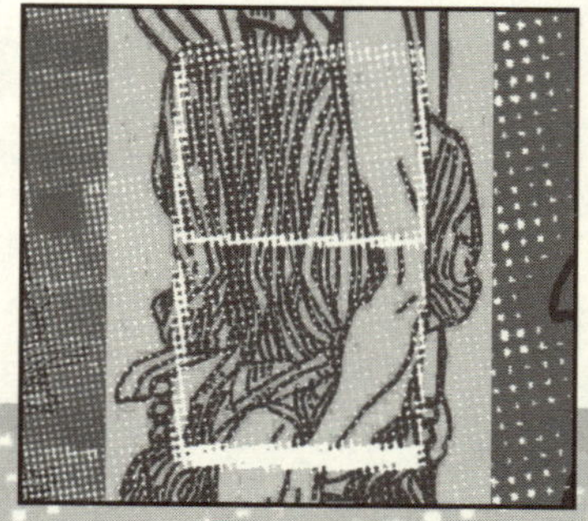

MARCELO BIRMAJER

Nació en Buenos Aires en 1966. Ha escrito guiones cinematográficos y televisivos, obras de teatro y colabora con diversos medios periodísticos. Ha publicado dieciséis libros, la mayoría en colecciones juveniles. Algunos títulos son: *Un crimen secundario, El alma al diablo* y *Fábulas Salvajes.* Publicó *Hechizos de amor* en Santillana y *Piedras volando sobre el agua* en Alfaguara Juvenil. También escribió libros para adultos, entre los que se encuentra *Historias de hombres casados,* en Alfaguara.

Siempre recordaré 1983 como el año en que me llevé 13 materias. Porque ambas cifras terminan en tres y porque mi fracaso como estudiante resultó sencillamente monumental. Podría recordarlo también como el año en que regresó la democracia, pero de eso ya se encarga la Historia; al respecto, me alcanza con repetir una vez más que ese año de libertad fue para mí el mejor de la Argentina, y que no me extraña que haya sido precisamente entonces cuando me reencontré con Sofía. También en la historia con Sofía éramos tres: Sofía, su novio y yo. 1983, 13 materias, 3 personas.

Yo estudiaba en un Industrial y era como un chancho tratando de aprender a volar. Estoy seguro de que aún resulta mucho más fácil que un chancho alce las pezuñas al menos unos centímetros del suelo antes de que yo consiga lijar un trozo de metal, darle forma a una madera o redondear un pedazo de plastilina. Usaba uniforme con corbata durante el día y overol azul por las tardes. Fracasé en Inglés, en Francés y en Hebreo. Terminé con 4 en Computación, 5 en Matemática y 6 en Física; todas a diciembre. A marzo me llevé Biología, Química y Educación Cívica; Carpintería, Dibujo Técnico y Mecánica. Estuve a punto de eximirme en Castellano, por la excelencia de mis redacciones, pero me aplazó mi sorprendente incapacidad para dividir en sujeto y predicado. La secundaria fue para mí como un largo túnel del tiempo: era enviado en segundos de un mes a otro, como si fueran lugares. Milagrosamente me salvé en Historia –porque siempre me han gustado las historias–, y consideré parte de mi honor viril aprobar Educación Física. Soy un buen corredor de maratones y me gusta el fútbol: logré impedir el suicidio de mis padres con un 7 en Historia y un 8 en Educación Física. Por lo demás, todos en casa estaban incluso un poco admirados: me aprontaba para estudiar 13 materias en 3 meses. Yo no era un héroe, pero estaba por emprender una tarea heroica. Tanto mis padres como mis hermanos daban por hecho que repetiría el año. Pero yo no. Como dije, era un buen corredor de maratones, confiaba en mi voluntad. Pedí a mis padres que me enviaran a lo de tía Chola, un sitio frío al sur de la Capital Federal y al oeste de la provincia de Buenos Aires. La tía Chola era la única campesina de la familia. Tenía unas pocas vacas, una docena de gallinas y quince ovejas. Escasas veces mis padres nos habían llevado a mis dos hermanos y a mí a visitarla, pero yo recordaba como un milagro cada una de esas visitas. Nos convidaba leche recién ordeñada, queso de oveja y una vez, a mis seis años, nos regaló un pollito. Mis padres, cuando descubieron que los pollitos fatalmente se convierten en gallos, nos obligaron a regresarlo. Por nuestro llanto de entonces, creo, mi madre se enojó con tía Chola –que era prima de mi padre–, y la vi sólo una o dos veces más. Pero nadie se opuso cuando junté mi tonelada de libros y útiles en una bolsa de arpillera y declaré que me marchaba para estudiar sin la molestia de la tele, de mis hermanos o de las llamadas de los amigos.

Tía Chola no tenía teléfono.

Salí de la estación de Retiro en un micro nocturno y llegué a Trenque Lauquen a las seis de la mañana. Nadie había ido a buscarme y nunca olvidaré que hasta lo de tía Chola me llevó un carro tirado por un caballo, conducido por un hombre menos locuaz que el caballo. Tía Chola me recibió con un grito de alegría, me besó la cara mil veces y me repitió otras mil "lo grande" que estaba. "Y eso porque todavía no te dije cuántas materias me llevé", pensé. Sofía dormía; yo tenía muchas ganas de verla. Era la hija del segundo marido de tía Chola, ya fallecido. Del primero se había separado ella, y del segundo la había separado el destino. Sofía era mi reina cuando yo tenía seis años y ella dieciocho. Me dedicaba mucho más tiempo que a mis hermanos y, como yo no sabía pronunciar la erre, me suplicaba que le dijera "mi reina" y se mataba de risa cuando yo declamaba "mi gueina". No era una burla, era un juego: porque después de cada risa me llenaba de besos. Creo que nunca supo cuánto me gustaban. Yo hubiera continuado sin pronunciar la erre por el resto de mi vida, para que ella siguiera dándome besos. Pero en algún momento hay que aprender a pronunciar la erre.

Sofía se levantó y se le abrieron los ojos de sorpresa.

—¡Vos no podés ser vos! —gritó.

—Mi "gueina" —dije con una sonrisa.

—¿Todavía no aprendiste? —preguntó aún más sorprendida.

—Sí, mi reina —contesté ya sin sonreír—. Pero me llevé 13 materias.

— Ya sé —dijo Sofía—. Te voy a ayudar.

—Gracias, mi reina.

No me podía ayudar. Tenía el pelo corto y enrulado, rubio, pegado al cuero cabelludo y fresco. Tenía unos ojos verdes que parecían una extensión del pasto, con una mirada apasionada, italiana y rústica. Tenía la piel salvaje y el cuerpo salvaje también. Cuando la miré tranquilo, tragué saliva y supe que todas mis materias no juntaban una, frente a la inmensidad de su belleza. Pero yo quería pasar de año. Comencé con Física, Inglés y Francés. Sofía me ayudó con las dos primeras y Chola con el francés: consolidó mi creencia en su magia demostrándome su capacidad para instalar ese idioma en mi cabeza de roca. El hebreo lo estudié por mi cuenta, con casetes y un libro que me regaló mi madre, mirando por la ventana las noches del sur y pretendiendo que acampaba a los pies del Monte Sinaí, junto al grupo de judíos recién salidos de Egipto. En la primera semana de diciembre rendí bien las cuatro materias; besé a mi madre, abracé a mi padre, dormí dos noches en casa y volví a lo de tía Chola. También en Castellano me asistió Sofía, pero para Computación apareció un factor inesperado: el novio de Sofía, Juan Pablo. Tu novio, mi reina. Juan Pablo se había recibido hacía unos años de analista de sistemas; era nativo de Trenque Lauquen pero vivía en Capital. Llevaba unos meses de romance con Sofía y ahora pasaba unas semanas con sus padres para visitarla: la tía Chola le encargó pasearle las ovejas. Las ovejas parecían seguirlo, igual que Sofía. Debo reconocer que el pastorcito me sacó adelante en Computación, y Sofía logró que por única vez en mi vida le encontrara el sentido al *objeto directo*. En la segunda quincena de diciembre ya había aprobado más de la mitad de las materias. No quise pasar ni una noche de más en casa: dormí en el micro de regreso a Trenque Lauquen. Creo que fue a fines de febrero, al descubrir que, finalmente, tal vez no fuera imposible pasar de año, cuando Sofía y yo nos permitimos pasear por el campo sin aprender idiomas, sintaxis ni cálculos.

—Pasó mucho tiempo —le dije.

Ella asintió y me preguntó:

—¿Por qué te llevaste tantas materias?

—Lo único que me importa es contar historias —dije. Era mentira: también me importaba ella. El sol caía, pero entre nosotros dos permanecía una luz oscura que no se sabía de dónde venía.

—¿Y que te las cuenten? —me preguntó.

—También —dije.

—No me parece —dijo Sofía—. Me parece que te gusta más contar que escuchar.

—Eso no es un gusto —dije—. Es un defecto. Contame historias y vas a ver cómo me quedo callado.

Sofía se rió y me dijo:

—Ahora que estás obligado a aprender Carpintería: ¿por qué no usarla para darle forma a tus historias? ¿Y no sirven las líneas del Dibujo Técnico para pensar en las historias que atraviesan un cuento? ¿Y qué es la Biología sino la historia de la vida? Después del secundario podés no prestarle atención nunca más a ni una de estas cosas, pero ahora te conviene escuchar.

Estaba por decirle “mi reina” cuando apareció Juan Pablo llevando las ovejas. Nos saludó apenas con un ademán de cabeza y siguió camino al corral.

—Una de las historias que más me gustan —dije— es la de *Pedro y el lobo.*

—Pero es para chicos —dijo Sofía.

—¡Para chicos! —grité—. Es para todo el mundo. Mi sueño es escribir alguna vez un cuento como *Caperucita Roja* o *Blancanieves*: una historia que nadie sepa bien quién la escribió y que dure para siempre.

—¿Y por qué te gusta tanto la de *Pedro y el lobo*?

—Porque el pastorcito queda como un tonto —respondí.

Sospecho que todos conocerán la fábula de *Pedro y el lobo.* El pastorcito Pedro vive en el campo y, para burlarse de los campesinos, grita que viene el lobo. Cuando los campesinos acuden a ayudarlo, se ríe de ellos. Repite el chiste una vez más. La tercera vez es atacado por el lobo, grita pidiendo ayuda pero nadie le cree y es devorado.

El pasado de Sofía, en cambio, no creo que lo conozcan si no lo escribo a continuación. Por voces de los familiares, supimos que Sofía había vivido un par de años en la Capital, sin avisarle a nadie, siguiendo un romance tormentoso. Con ese hombre, unos años mayor que ella, compartió un pequeño departamento, hasta que la abandonó. Corría el rumor de que era casado.

Por eso Sofía estaba viviendo a los treinta años con su madrastra, que la adoraba; aparentemente, reponiéndose.

Me miró fijo como no me había mirado hasta entonces; mirando no tanto al adolescente que yo era sino al hombre que llegaría a ser con el paso del tiempo. Me miró sin enojo.

—La historia del pastorcito sigue —me dijo.

—No —respondí—. Termina ahí. En la panza del lobo, por tonto.

—El pastorcito terminó en la panza del lobo —dijo Sofía—. La historia no.

—La historia... —comencé.

—¿No me dijiste que te quedabas callado si te contaba una historia?

Me callé avergonzado.

—En realidad —siguió Sofía con una sonrisa— el pastorcito no era un pobre niño desamparado y travieso. Era el hijo de de unos nobles franceses, unos condes. Aburrido de la vida de palacio se había lanzado a la campiña, alrededor del año 1500, sin comentarles a los vecinos su origen ilustre. Bromeó esas dos veces, es cierto, y a la tercera el lobo se lo comió. Pero la historia sigue porque sus padres enviaron a un investigador a averiguar cómo había muerto su hijo. El investigador, un alguacil muy sagaz, revisó cada brizna de hierba del sitio donde había sido devorado el pastorcito –muchas de ellas aún teñidas de sangre– y conversó rigurosamente con cada uno de los campesinos. Finalmente encontró al lobo y lo mató. Pero antes de irse reunió a los campesinos que habían acudido las dos veces en ayuda del pastorcito y les dijo: "Por mis investigaciones, por el recorrido que realizó el lobo desde el bosque hasta el pastorcito, por mis diálogos con ustedes, debo concluir que, la tercera vez que el pastorcito los llamó, ustedes sabían perfectamente que ese pedido de ayuda era cierto, que el lobo realmente lo estaba atacando. ¿Por qué no hicieron nada? ¿Acaso son tan salvajes como para vengarse de un jovencito por dos burlas, dejando que un lobo lo devore? Si me remito a las órdenes de mis amos, debería arrasar vuestra aldea. Pero creo que nadie ganaría nada; y yo soy muy curioso: si me cuentan qué ocurrió realmente, tal vez me muestre compasivo". Luego de un largo silencio, de rostros rojos de miedo y vergüenza, el más audaz de entre los campesinos habló: "Sabíamos que era un noble. Las dos primeras veces acudimos porque sabíamos que el lobo no vendría: pensamos que nos consideraría sus amigos y nos recompensaría de algún modo". "¿Y por qué no acudieron la tercera vez?", preguntó el investigador. "Porque sabíamos que era verdad y tuvimos miedo del lobo".

Ahora la mirada de Sofía estaba en mi alma.

—Es una hermosa historia —dije—. Hermosa y triste —y no me animé a agregar: como vos.

—Me la contó Juan Pablo —dijo Sofía.

—¿La inventó él? —le pregunté.

Sofía hizo un movimiento con los ojos y las cejas; significaba "no lo sé".

—Más allá de esta historia —dijo Sofía, con una voz muy verdadera, muy auténtica, incluso sabia—, entre el pastorcito y el lobo, yo me quedo con el alguacil.

Sofía me tendió una de sus manos. Me la tendía desde una distancia que nunca se acortaría. Apenas la apreté, y la solté.

—Cuando sea grande —dije— yo quiero inventar historias así.

Caminamos juntos hasta lo de tía Chola, acompañados de esa luz oscura que no he vuelto a ver más que en mi memoria.

Rendí las materias suficientes como para pasar de año. Me quedó previa Dibujo Técnico. Me cambié del Industrial a un Bachiller y, rindiendo una media docena de materias, terminé el secundario un año antes. Recuerdo que en la última de esas materias, Geografía, tuve que decir "terremoto" y pronuncié mal la erre. Repetí la palabra "terremoto", con la erre perfecta, y supe que no sólo había terminado el secundario.

Sofía se casó con Juan Pablo, tuvo hijos, y a ella y a Chola las vi tan pocas veces como antes de aquel verano de los números 3. No hay que entristecerse por eso: hay personas que salvan partes de nuestras vidas y luego siguen su camino, nosotros seguimos el nuestro y valió la pena cruzarse. Ahora mismo, mientras busco terminar estas líneas, me pregunto cuántas veces más la vida me concederá el privilegio de escuchar una bella historia contada por una bella mujer bajo una luz desconocida.

LA HISTORIA

LEOPOLDO BRIZUELA

LEOPOLDO BRIZUELA

Nació en La Plata, en 1963, donde estudió Letras. Publicó las novelas *Tejiendo Agua* (1986), *Inglaterra. Una fábula* (1999) –lanzada ya en España, Portugal, Alemania, Brasil y Francia– y la nouvelle *El placer de la cautiva* (2001). "La historia" pertenece a *Los que llegamos más lejos*, un libro de cuentos que se publicará el año entrante. Recibió, entre otros premios, el primer Premio Clarín de Novela 1999. Su obra incluye también un libro de poemas, *Fado* (1995), así como antologías, traducciones y un libro de reportajes.

"Uno scandalo que dura da diecimila anni".
Elsa Morante, *La storia*

[1]

Cuando en 1902 se anunció que el famoso asesino Ranquilef, indio pupilo de la Misión Salesiana del Neuquén, sería trasladado al asilo Don Bosco de Tierra del Fuego, los ancianos allí alojados se amotinaron contra su director, el padre Don Bartolomeo Anchietta.

Un recio decoro de pioneros –acostumbrados, en sus tiempos, a diezmar tribus enteras– impedía a los viejos demostrar cualquier tipo de temor; pero convocados una noche a la rectoría, denostaron largamente las costumbres de las tribus nómades, que aborrecen celdas y jardines y que no sólo descuidan a sus ancianos sino que, cuando éstos ya no pueden acompañarlos en sus largas migraciones, los estrangulan. El reverendo padre Anchietta, con su política sonrisa, replicó que el traslado de Ranquilef era "una decisión tomada": la congregación salesiana no podía permitirse que uno de sus tutelados inaugurara el flamante Penal de Ushuaia ni, mucho menos, que la mujer y los dos pequeños hijos del asesino quedaran solos en el mundo. Alelados, los viejos amenazaron entonces con abandonar el asilo, y al padre Anchietta le bastó con volver a sonreír: aunque los hijos, nietos y bisnietos de los viejos pagaran puntualmente las cuotas del establecimiento, éstas eran menos el testimonio de un recuerdo personal que un tributo a la historia, y no había lugar para los fundadores en la próspera ciudad de Ushuaia.

Entre los internos más notables se hallaba Miss Emily Fairchild, aquella célebre naturalista que, de niña, había revelado a Charles Darwin los senderos más secretos de la isla, y hasta lo libró de una de esas trampas que los indios onas tendían bajo la nieve. Según cuentan las crónicas, fue ella quien ahora ideó un plan de resistencia civil, que aunque adecuado a las limitaciones físicas de los sublevados habría resultado muy efectivo, porque prescribía que cada anciano se encerrara en su celda, dispuesto a rechazar comida y atención médica, desde la llegada del indio y hasta que el padre Anchietta decidiera su expulsión. Pero sucedió que tan pronto se vio en la celda, Ranquilef enloqueció, rompió una botella de jarabe y empuñando un pequeño vidrio roto conminó al padre celador a dejarlos escapar. El cura estaba armado pero pudo más la fama del asesino, y los cuatro indios saltaron por la ventana y se perdieron en los bosques en el preciso instante en que el barco del Presidente de la Nación, de paso para la inauguración del Penal de Ushuaia, entraba majestuosamente en la Bahía.

Se dice que el general Roca era de naturaleza afable, y que la edad lo había vuelto benevolente con aquellas veleidades humanistas de los curas a las que había debido las peores úlceras de su juventud; pero que tan pronto supo de la reincidencia del criminal nómade fingió perder la paciencia y, a pesar de lo innecesario de toda represión (porque se acercaba el invierno, es verdad, y los indios pronto habrían muerto de hambre y frío o comidos por los lobos), ordenó que una cuadrilla de fusileros lo acompañara en la persecución de los fugitivos y que fuera el mismo padre Anchietta quien los guiase por el laberinto del bosque. Y así, desde su encierro en la celda y en lugar del escándalo que hubieran querido provocar, los viejos oyeron espantados los vaivenes de una cacería que, merced a la inexperiencia de los indios pampas en aquel paisaje, se desarrolló con una celeridad de pesadilla.

Cuentan las crónicas periodísticas que Ranquilef, ya al saberse perseguido, intentó que el niño mayor, Nipau, regresara a la Misión con los brazos en alto, pero éste, tan pronto sintió los tiros que sobrevolaban su cabeza, volvió sobre sus pasos y se internó nuevamente en la fronda donde ya no lo esperaban sus padres sino una manada hambrienta de lobos. Atardecía cuando el propio general Roca divisó a Ranquilef y a su mujer a la entrada de una cueva, tan cerca que bastó el primer tiro para que el indio rodase por la ladera entorpecida de colihues. La mujer, atontada por el dolor o el miedo, sólo atinó a buscar refugio en la caverna, y hubo que internarse en las sombras con antorchas y, cuando ella por fin intentó abalanzarse sobre el general, ensartarla por la espalda de un bayonetazo. En el asilo, los curas disponían de ataúdes en abundancia; y sobre la blanca cubierta del barco presidencial, flanqueados por el general Roca y la severa fila de soldados, los cajones con los cuerpos de los indios parecían guardar un secreto sobre el que los ancianos habían construido la Nación, y que los tiempos actuales habían olvidado ignominiosamente.

Y sin embargo, no todas las palabras de esta historia habían sido articuladas: porque tan pronto se retiró el último de los visitantes y el silencio –ese silencio sobrehumano que precede a las nevadas– volvió a reinar sobre la isla, un berrido débil y lejano empezó a taladrar la paz del bosque, y fue obligando a los ancianos a salir uno a uno de sus celdas y a internarse entre los árboles, tan seguros de su rumbo y tan ignorantes de su destino como las últimas bandadas que cruzaban el cielo hacia el Norte. Con una obstinación de sabuesos, los viejos pasaron largo rato siguiendo las huellas de los indios en el piso del bosque; y dos horas después, mientras la propia Miss Emily recogía una vinchita ensangrentada que flotaba en un charco, un llanto debilísimo le hizo volver la vista hacia la rama más alta de una araucaria de donde, colgada de una pierna, pendulaba la pequeña Likán, la hija menor del asesino.

El reverendo padre Anchietta, corroído por la culpa, ordenó descolgar a la niña moribunda con la misma unción con que, el Viernes Santo, las mujeres de Jerusalén arriaron el cuerpo de Jesús; y aunque dudó en ponerla en brazos de los viejos, fueron éstos quienes le rogaron que la entregara, y la llevaron cuidadosamente a la enfermería. Mirándolos volver en fila, oscuros y contritos bajo los primeros copos del invierno, el padre agradeció a Dios que al fin la caridad hubiera reemplazado al odio en aquellos corazones curtidos. Pero en el fondo lo dudaba: según la antigua costumbre protestante de leer, en cada vericueto del destino, una palabra del oculto lenguaje de Dios, los viejos no creían que fuera una trampa ona la que había salvado a Likán del exterminio. Para ellos, Likán era un mensaje, ese mensaje por el que tanto habían rogado para entender el sinsentido de su propia historia.

[2]

"En realidad", escribe el padre Anchietta en sus memorias, "a nosotros que no éramos, confesémoslo, ni indios ni pioneros ni ancianos, nos costará siempre entender la razón última por la que ese atisbo de humanidad llamado Likán concentró tan exclusivamente la atención de los viejos, y los congregó en torno de su camilla de enferma como una hoguera en lo peor del invierno". Sin haberlo planeado siquiera, los viejos ya no volvieron a parapetarse horas y horas en el embarcadero, ni a deambular largamente bordeando la alambrada, ni a proclamar antiguos méritos que ya nadie quería reconocerles, ni a hostigar a los enfermeros con exigencias absurdas, como si quisieran vengar en ellos el olvido en que el mundo los tenía. Durante horas y horas, los viejos clavaban los ojos en ese magro cuerpo desnudo como se mira al río o al fuego, sin esperanza alguna pero sin mengua de interés, con la secreta confianza en que la duración nos revelará por sí sola el misterio de la vida. "Y fue así que los curas comenzamos a fomentar esa vigilia llevándoles sillas y mantas y comida, porque a la vez que suprimía la agresividad del motín mantenía intacta su mancomunión; y porque, en verdad, a fuerza de mirar y remirar a la niña, los viejos aprendían y cambiaban".

Durante aquellas primeras horas de agonía, cuando la fiebre montaba en torno de la cama de Likán los escenarios de su pasado y ella gesticulaba y aullaba en su idioma incomprensible, los ancianos fueron conociendo la tragedia de los nómades y la angustia de la persecución y del exterminio, y esa secreta indefensión que les había ocultado siempre el rostro duro de sus enemigos. Y luego, cuando cuatro enfermeros vinieron a llevársela para amputarle la pierna gangrenada, en la violencia con que ella se resistía los ancianos comprendieron los crímenes de Ranquilef, los cuatro soldados de frontera a los que había degollado para poder escapar del encierro en la Misión Salesiana. Durante la semana siguiente Likán permaneció abatida por la morfina y el cloroformo, pero los viejos continuaron inmóviles a su lado, olvidados incluso de dormir y de comer, como si aquel cuerpo inmóvil les hablara mucho más claramente que cualquier movimiento y el muñón fuera la palabra que mejor articulaba su propia invalidez.

El reverendo padre Anchietta, que ya había planeado hacer de la niña, en caso de que sobreviviera, un segundo Ceferino Namuncurá, empezó a visitar a menudo la salita; y viendo la pasión con que los viejos se comentaban en voz baja las miles de conjeturas que les inspiraba

Likán, se preguntaba si tal interés no ocultaría el gozo de verla sufrir tanto, "pues en verdad sólo alguien muy inocente podría confundir esa pasión de los viejos con la simple ternura o con la piedad cristiana". Pero era a todas luces una calumnia, porque los muchos ancianos que iban muriendo en esos días no tenían ya la habitual expresión de alivio, sino el desasosiego de haber partido de este mundo antes de presenciar una inminente revelación. Y porque luego, tan pronto ella despertó y, con la expresión atónita de quien preferiría el horror de la fiebre al de la realidad, quedó librada a su destino, los ancianos comenzaron a disputarse el privilegio de ayudarla a sobrevivir.

La señora Cora Wilkins, ex madama del principal burdel de Punta Arenas, recordó sus viejos tiempos de modista en Liverpool y confeccionó para la niña un vestidito que, por victoriano, resultó exactamente igual a los que las viejas llevaban hoy. Del señor Oliver Matthew Bowles, ex carpintero de a bordo, se dice que pasó el último día de su vida fabricando una muleta diminuta con que luego la solterona Mrs. O'Connor, ex jefa de enfermeras del Hospital Británico de Ushuaia, enseñó a Likán a dar sus primeros pasos por los jardines de la Misión y por las playas de guijarros y a retomar, así, su atávica afición por el merodeo. Catherine Dobson, una poeta a quien el mal de Parkinson había obligado a abandonar el ejercicio de su lira, lo retomó brevemente para pintar en una oda la mirada de la niña que oteaba a través del alambrado de la Misión hacia las colinas boscosas o el horizonte del mar, *como si esperara un mensaje*, y dice que esa espera llenaba a los viejos de esperanza. No la amaban, no, agrega el poema de Mrs. Dobson, pero seguían sintiendo que nadie estaba más capacitado que Likán para entenderlos, exiliada de un mundo que sólo existía en su memoria. Ella tampoco los amaba, pero buscaba instintivamente su compañía, porque en aquel mundo de celdas y jardines sólo los ancianos –que apenas si permanecían unas horas junto a ella y luego partían al más allá–, sólo ellos eran idénticos a los nómades. Y porque, si en verdad podía verlos, también Likán reconocería en los viejos a sus pares, exiliados no de una tierra, sino de la comprensión, y acaso esperara de ellos un mensaje. Un mensaje que llegó, por fin, dos años después de la catástrofe, y desde la otra punta de la isla, desde la Misión anglicana de Harberton.

En efecto, una carta urgente del reverendo Clifford N. Bridges les narró cómo una noche, mientras diezmaba junto a su hija una jauría de lobos que había llegado a saciar en sus ovejas la hambruna de un invierno demasiado extenso, de pronto había descubierto que uno de los animales más aguerridos y feroces, el que se arrojó sobre su hija Edith para morderle la yugular, no era otro que Nipau, el hijo perdido de Ranquilef, que había sido adoptado por la manada y que por lo tanto había conservado sus costumbres de salvaje y nómade. Por unos meses, según los infalibles métodos de la Sociedad Misional, la señorita Bridges había tratado de civilizar al niño lobo, para llegar a la conclusión de que sólo podría reconciliarse al niño con su historia si se lo obligaba al único reencuentro que podía apreciar: el reencuentro con su propia hermana. Se dice que el padre Anchietta, aleccionado contra los experimentos religiosos y contra los altísimos riesgos de su publicidad, trató de impedir la llegada del niño; pero al fin debió admitirla, porque la ilusión de un reencuentro habitaba en lo más profundo de los corazones de Ushuaia: los hijos, los nietos y los bisnietos de los viejos habían heredado la ilusión de volver a esa tierra que nunca habían conocido y que cada uno llamaba por un nombre distinto: London, Rye, Cornwal... Mientras que los viejos, ahora que su Inglaterra no existía, sólo ansiaban reencontrarse con la historia.

[3]

Lo que resta de esta historia corresponde a la leyenda, y si hemos de confiar en la versión que de ella dan los curas, diremos que los Bridges trajeron a Nipau dentro de una jaula de maderos, ubicada en el mismo lugar de la cubierta del barco donde dos años atrás habían yacido los cuerpos de sus padres. Rodeado por una multitud de periodistas y autoridades, de hijos y nietos y bisnietos, Nipau se batía frenéticamente contra los barrotes, lanzando tarascones a toda persona que, presa de una turbia fascinación, se le acercara demasiado, y aullando como si quisiera convocar a la manada de lobos para que se lo llevasen de nuevo al corazón de la isla; mientras Likán, allá en su celda de la Misión, vestida como para un domingo de cien años atrás, abrazada a su muleta, lloraba ante una soledad tan absoluta y repentina que no podía ser sino la antesala de la muerte.

Un estampido de aplausos y de marchas militares acalló los alaridos del niño cuando al fin cuatro soldados bajaron la jaula al embarcadero y lo condujeron en andas, como a un santo de procesión, por entre la muchedumbre de ancianos que –los ojos grandes como dos lunas– apenas si podían concebir la importancia de aquel reencuentro. ("Ah la terrible soledad de aquella bestia, idéntica a la que habían visto en la niña, idéntica a la que ellos mismos llevaban en su recio corazón..."). Prudentes, tal como mudaban sus canarios de uno a otro jaulón, los curas colocaron la puerta cerrada de la jaula de Nipau contra la ventanita abierta de la celda en donde la niña, al oír esos gruñidos de lobo, empezó a brincar con su único pie tratando de encontrar vanamente una salida, mientras los ancianos se apresuraban a subir a la terraza desde donde, como una rueda de comensales en torno de una mesa vacía, habían decidido mirar el reencuentro por una pequeña claraboya. A una orden del padre Anchietta, los dos padres enfermeros abrieron la puerta de la jaula. El niño, menos por reencontrarse con su hermana, a la que aún sólo había olido, que por huir de la masa de fotógrafos y potentados, entró de un salto en la celda... Y el padre Anchietta, temeroso de un nuevo escándalo, ordenó cerrar las celosías "para respetar la intimidad de ese reencuentro" e invitó a la concurrencia a tomar un chocolate y a volver dos horas más tardes a comprobar "el hermoso milagro".

Entonces.

"Ah vosotros ancianos del mundo que padecéis el misterio de la duración", continúa el padre Anchietta en sus memorias, "tratad de imaginar la mirada con que los niños por fin se descubrieron, ellos que hasta entonces no habían parecido ver más que las fabulaciones del peligro". Como los duelistas al comienzo de la lucha (y al ver tal similitud los ancianos ya intuyeron que *algo andaba mal*, y se tomaron de las manos mientras arriba el cielo, estremecido, se turbaba en tormenta), los dos niños sólo se miden, como si tampoco su comprensión pudiera abarcar lo que sucede. Sus antepasados nunca apreciaron los reencuentros: nómades en el paisaje nómade del desierto, donde todo fluye y se disuelve y recomienza y nunca un sitio es el que será apenas un momento después, cualquier permanencia llegó a parecerles tan aberrante como a los habitantes de las ciudades nos parece atroz la fugacidad de las cosas, la incesante mutabilidad que, al fin y al cabo, es nuestra única compañera de por vida. Y ahora, por vez primera, los niños nómades comparan lo que fue con lo que es, lo que es con lo que podría haber sido.

Ella, con su vestido victoriano de ancianita y su memoria cargada de tantas muertes de ingleses, parece mucho, mucho más vieja que la vieja Inglaterra; él, con sus rasgos idénticos pero embrutecidos por la lucha, parece un familiar llegado, no de esos puertos británicos que añoran los inmigrantes de Ushuaia, sino de aquella época remota en que también los ingleses eran nómades y las islas británicas un racimo de riscos tan hostil como la Tierra del Fuego. Él, el más fuerte de los hombres, el que ha aprendido a sobrevivir al invierno más antiguo y duro de la tierra, tiembla de frío porque carece por primera vez de la peluda promiscuidad de la manada; ella, que no deja de mirarlo, también tiembla, porque de golpe comprende que ha sobrevivido contra su propia voluntad y que es la más indefensa de las mujeres. Entonces, piensa ella, ¿era esto la muerte? Entonces, piensa él, ¿esto era el amor?

De pronto, los niños intuyen –como los ancianos, escandalizados, en la terraza ventosa– que no son sino los personajes de una historia que otros han tramado para entenderse a sí mismos. Ella mira hacia arriba, como buscando en lo alto una explicación de los viejos; él, indignado, recula y se pone en cuatro patas como dispuesto a atacar, pero de pronto se vuelve también a mirar a los ancianos, que incapaces de soportar esas miradas alzan sus ojos al cielo, que está más que nunca mudo e incomprensible, y vuelven a observar a los niños. Que él sea el atacante parecerá a todos lo más obvio, pero no podemos ocultar que ella se entrega cuando él se le abalanza para clavarle los colmillos en el cuello, como si al fin y al cabo fuera un consuelo tener un papel en esta larga obra inentendible. Entonces los ancianos se pusieron a aullar y a correr con los brazos en alto; y según cuenta el padre Anchietta se necesitaron siete enfermeros para que Nipau, cegado como si quisiera buscar en el crimen su propia anulación, se desanudara por fin del cuerpo de la niña. Pero ya era muy tarde.

Likán, los ojos fijos en el recuerdo de su hermano, ya no volvió a salir de la enfermería. Nipau, ovillado en la misma celda, tampoco pareció tener ojos más que para su propia memoria hasta que un sutilísimo olor a carroña pasó por debajo de la puerta y le hinchó el hocico y por primera vez no sintió hambre sino una inconcebible desesperación: entonces repitió la hazaña de su padre y echó a correr por los pasillos y pasando de largo por el velorio atestado de ancianitos se perdió para siempre en los bosques como si quisiera recomenzar su vieja historia: pero esta vez los lobos habían muerto. Algunos afirmaron que, durante muchos años, el aullido de Nipau siguió retumbando en los canales fueguinos, derrumbando las inmensas paredes del glaciar sobre todo buque parecido al barco de Roca; otros juran haber cortado con la quilla un iceberg diminuto y que en su centro, como un carozo, se veía el cuerpo del niño congelado, y que aquellos que miraron sus ojos abiertos ya no pudieron pensar en otra cosa. Pero sólo se trata de consuelos de personas que no son, en ningún caso, ni indios ni pioneros ni ancianos, y que no pueden comprender. "Oh vosotros ancianos de un mundo huérfano de nómades", concluye el padre Anchietta, "tratad de imaginar lo que comprendieron los ancianos en aquel velorio, porque somos nosotros, y no los viejos, los exiliados de la sabiduría. Imaginad", continúa, "porque no todo ha de decirse en ningún tiempo...". Y porque los curas ya no se atrevieron a turbar con preguntas la tristísima paz en que los viejos murieron, y luego murieron los curas, y luego los hijos, los nietos y los bisnietos, y luego cesaron los imperios y las misiones, y así pasó la historia.

A Hernán Sorgentini

GRACIELA BEATRIZ CABAL

GRACIELA BEATRIZ CABAL

Nació en Buenos Aires. Es escritora, y publicó más de sesenta libros para niños y jóvenes; docente y coordinadora de talleres de literatura. Egresada en Letras de la Universidad de Buenos Aires, participa desde hace años en gran cantidad de seminarios y congresos nacionales e internacionales. Por su obra ha merecido muchos premios y distinciones. Fue presidenta de ALIJA y actualmente es vicepresidenta de la SEA (Sociedad de Escritoras y Escritores de la Argentina). Entre sus obras narrativas se encuentran *Mujercitas eran las de antes, Secretos de familia* (para adultos), *Toby, Miedo, Las Rositas;* en Santillana: *Vidas de cuento* y *El hipo y otro cuento de risa;* y en Alfaguara: la colección *El Club de los Ecoamigos, Barbapedro, Mi amigo el Rey, Cuentos con brujas, Tomasito, Tomasito y las palabras, Tomasito cumple dos* y *¡Qué sorpresa, Tomasito!*

Inmediato Irineo nunca había sido un hombre feliz.

Por eso ni se mosqueó cuando Silencio lo alertó de la presencia de la Muerte (sabido es que los perros descubren a la Muerte antes que los humanos: de ahí el lagrimear, dicen).

La cuestión es que el Inmediato, cuando se la vio a la Muerte sentada ahí nomás, en la silla baja, lo único que pensó fue: "Bueno, me llegó la hora".

Y se quedó tranquilo.

"Quieto, Silencio", quiso decir.

Pero algo así como una lezna plantada en el medio del pecho no lo dejó hablar.

"Esta vez me parece que viene en serio", pensó el Inmediato.

Y se acordó del pibe Nicasio, que en un rato más iría a sentarse en el banquito de siempre, a esperarlo, como todos los días. (Inmediato cerró los ojos para no ver a la Muerte, que ahora andaba por la pieza, curioseando todo).

El pibe Nicasio... Ése sí que era un buen chico, el único amigo que le quedaba al Inmediato.

Lo había conocido un día de lluvia, en la cola de la iglesia. Después se sentaron juntos, a comer el guiso. Y desde ese día se hicieron amigos.

Si algunos hasta creían que el pibe era su nieto...

Chico respetuoso el Nicasio, calladito, que sabía escucharlo al Inmediato.

Y no era que él tuviera muchas cosas que contar. Al contrario.

Pero las pocas que tenía quería grabárselas bien, porque una niebla espesa cada vez lo separaba más de las caras de antes, de los nombres...

En cambio, cuando hablaba con el pibe Nicasio, las cosas se le iban dibujando de nuevo en la cabeza. Claritas se le dibujaban.

Como aquel asunto de amores con la Carmencita, en Ranchos...

La Carmencita, de "Giros y Ahorros", cuando él todavía era mensajero y andaba por los ¿doce? ¿trece? La edad del Nicasio...

Estaba buena la Carmencita, con esas piernas largas, largas, que se le marcaban en el guardapolvo celeste (y el Inmediato apretó muy fuerte los ojos porque ahora la lezna se le empezó a mover en el pecho).

Entonces él no quiso dejar de pensar en la Carmencita, cuando ella le dijo que muchísimas gracias pero que tenía compromiso y que la diferencia de edad, que como amigos sí pero que de ninguna manera. Y ahí él se puso tan loco que tiró la valija a la zanja y las cartas volaron por el aire y se cayeron en el barro y él dijo que ahora mismo se iba a matar y se tomó las pastillas para el asma y casi toda la botella del anís 8 Hermanos de don Ricardo, el de la casilla, que lo ayudó a recoger las cartas y se lo llevó a la vieja, casi muerto de pena el Inmediato, y con la cabeza partida al medio del dolor, ese dolor tan fuerte, de la lezna reventándole el pecho.

Inmediato se sonrió un poco (o le pareció) cuando se le dibujó la cara de la vieja, pobrecita, que Dios la tenga en su santa gloria y a mí no me desampare, los ojos que puso cuando se lo llevaron, todo embarrado y llorando y con ese olor a anís (nunca más la vieja lo pudo probar al anís, ni en los velorios), y si te viera tu finado padre, así le pagás toda una vida de trabajo honrado, y ahora vos, traé para acá esa valija, que todo tiene arreglo en este mundo menos la muerte.

Inmediato casi se había olvidado de la Muerte que ahora estaba ahí, jugando con el perro (nunca sirvió para nada este Silencio) y cebándose un mate.

"Que te sirva de experiencia" le había

dicho don Aldo, que más que un jefe siempre había sido como un padre para él, mientras la ayudaba a la vieja, que no paraba de llorar, a limpiar las cartas, una por una, y a alisarlas hasta que se vieron de lo mejor, y todo queda entre nosotros y aquí no ha pasado nada, doña Berta, y el finado su esposo tenía razón: es una gran familia el Correo.

Seguro que el pibe Nicasio ya anda medio preocupado y capaz se me viene hasta acá, aunque yo nunca le dije subí pibe a tomarte un mate cocido, porque a la dueña lo de las visitas le da en el hígado y después viene y me tira la bronca aunque aquí hace años que nadie... y gracias que lo deja al Silencio, que si no me muero de soledad.

—Eso es lo que me da bronca, ve —dijo el Inmediato ya dirigiéndose francamente a la Muerte, que de nuevo se había sentado en la sillita baja y no le sacaba los ojos de encima—, tan solo que me muero, yo que todo el tiempo andaba de casa en casa con el reparto, y siempre que don Inmediato por aquí, que venga a tomarse un amarguito, y don Inmediato por allá, que si me llegó la carta de mi hermano, cuando la guerra, y que si por favor me la lee que yo mucho... Y ahora me muero así, sin un perro que me ladre... es un decir Silencio. (La Muerte asintió con la cabeza, como dándole la razón). Cuarenta y cinco años, mire bien lo que le digo, cuarenta y cinco años pateando de puerta en puerta... Más de cien mil kilómetros llevo caminados, ¿no me lo cree? (La Muerte movió la cabeza como diciendo que sí, que le creía). Y al final, qué... una muerte de porquería para una vida de porquería, llevando cartas dale que dale, como un infeliz, que ojalá mi vieja nunca me hubiera dicho lo de la gran familia... porque después de todo... ¿qué hice yo en la vida, vamos a ver? Ni un hijo tuve, que lo tiene cualquier desgraciado, ni tampoco escribí un libro... Y menos mal que un árbol sí planté, el día que la monjita de Primero nos hizo llevar la semilla de naranja y yo me la olvidé o no comimos naranjas, no me acuerdo, pero me la prestó la nena de la panadería de Peraza... y resulta que yo me metí la semilla en la boca y jugando me la tragué y entonces el gordo de la cochería me dijo que ahora me iba a salir un árbol por las orejas y yo me puse a llorar y entonces la monjita me dijo: "Siempre fuiste un quedado, Inmediato", pero la nena me dio otra semilla y al final, sí, a Dios gracias pude plantar el árbol, que no es mucho pero es mejor que nada, y un buen recuerdo en estos casos siempre ayuda, por lo menos para olvidarse de este dolor, *de este dolor terrible que me parte el pecho, y este cansancio de tanto andar, que si me dejo llevar me quedo dormido y no quiero, no puedo, porque tengo que llegar, aunque yo a este caballo le confío más que a cualquier cristiano, y si me prendo bien fuerte de las crines, aunque ya ni siento las manos, que las llevo en carne viva, pero me lo dijo el General, y yo por el General, que Dios lo ayude y la Virgen del Socorro, tan enfermo que se lo ve, y tan valiente, y si me canso está bien, que para algo nací macho y si ya hice como la mitad del camino cómo no voy a llegar, si me faltarán unas cien leguas, que no son nada, y me prendo bien de las crines y no te suelto y cierro los ojos, caballito del alma, que mi madre me debe de haber parido nada más que para que yo llegue a Buenos Aires con este parte que me calienta el pecho, el parte del General Belgrano que me dijo: "Andá vos, Helguera, rápido como el viento, en vos confío", y yo por el General... hasta la última gota de mi sangre...*

—Paro cardíaco no traumático.

—Bueno. ¿Avisaron a alguien?

—No tiene a nadie. Vivía solo en una pensión de mala muerte, me dijo el camillero.

—Acá entre las ropas hay un papel roto. Parecería una carta, pobre viejo...

—Y mirá, dásela al chico que está llorando ahí afuera, con un perro que no sé quién lo habrá dejado entrar al hospital...

❖

Entre la pena que le nubla los ojos y lo arruinado que está el papel ese, el pibe Nicasio no puede entender lo que dice. Apenitas, y muy borrosa, si parece leerse la palabra *Tucumán*. Y más allá: *1812*.

Nota: Jerónimo de Helguera, de dieciocho años, fue encargado por el General Belgrano de llevar a Buenos Aires el parte de la victoria de la batalla de Tucumán, del 24 de setiembre de 1812. Helguera recorrió las trescientas veintiocho leguas que separan ambas ciudades en sólo seis días, hazaña sin precedentes que comprometió para siempre su salud.

RONDA NOCTURNA

JORGE CONSIGLIO

JORGE CONSIGLIO

Nació en Buenos Aires en 1962. Es licenciado en Letras de la Universidad de Buenos Aires. Colaboró en el suplemento cultural del *Cronista Comercial*, en la publicación independiente de poesía *Maqrol*, en la revista *Noticias*, y fue miembro del Consejo de Redacción de la revista de literatura *La Giralda*. Ha recibido varias menciones y premios. Su cuento "Ronda nocturna" ganó el primer premio del Primer Certamen de Cuentos organizado por el Instituto de Profesorado Santo Tomás de Aquino. Ha publicado: *Indicio de lo otro, Las frutas y los días, Las arrugas de la terraza* y *Marrakech*. En 1999 y 2000 escribió *La isla de Badir*, una serie de cuentos infantiles inéditos para el portal **www.chicos.net**.

No fui crítico de arte; tampoco tuve el conocimiento de aquellos que por devoción u oficio frecuentan los museos. Mi relación, en particular con la pintura, fue de un respeto distante.

Si bien, al contemplar ciertas obras, se imponía el goce estético, nunca pretendí la sagacidad de un analista. Veía los trazos como abstracciones, sin pincel posible. Sólo un cuadro quebró mi criterio, pero poco tiempo bastó para que comprendiera la razón: estaba involucrado en mi vida.

Yo era un hombre alto. Llevaba el cabello rubio muy corto; muchos elogiaban mi aspecto marcial. Residí toda mi vida en la casa donde nací, en un suburbio no muy alejado de París.

No puedo recordar o, mejor deba decir, pronunciar mi nombre –condición de mi actual estado–; no obstante, quiero afirmar que mi apariencia siempre desafió la llanura con que me designaban.

Para un hombre solo como yo lo era, los

viajes eran una condena indispensable. En 1922, quise comprender el verano en Holanda. No era la primera visita a aquel país pero, en el tren, mi intuición la pensó como definitiva.

Me interesó Amsterdam. Su color y las aguas diminutas de sus canales lograron un cambio en mi terroso carácter. Alquilé un piso de escaleras empinadas frente a Vondelpark y me dediqué a caminar por la ciudad.

En aquel tiempo, fueron pocas las veces que no vi cómo se debilitaba la tarde desde la mesa de un bar, agradecido, casi sonriente, con la mirada húmeda de alcohol.

Al museo llegué una mañana; creí que por la casualidad que orientaba mis pasos. Las salas estaban casi desiertas: me crucé con unos pocos turistas. La colección que contenía no era inabarcable e incluía obras de mi interés; sin embargo, las ventanas abiertas eran inevitables llamados a la dispersión. Recorrí los dos pisos con rapidez, obviando sin remordimiento ciertas escuelas. Al atravesar el marco del pórtico de salida, ya repasaba de memoria el menú de un pequeño restorán de la calle Damrak.

Durante el almuerzo, noté que algo singular ocupaba mi memoria. Era una imagen, o varias que tendían a una síntesis. No me preocupé en precisarla ni en rastrear su origen, un delicado borgoña tuvo la virtud de desplazarla.

Pero más tarde, mientras caminaba distraído

arrastrando los ojos en las aguas del Prinsengracht, volvió con más entidad. Esta vez, distinguí un grupo de hombres vestidos con atuendos renacentistas. La mayoría portaba armas. Un leve vértigo me invadió ante la delgadez de sus lanzas.

La situación se planteó en la total ausencia de perfiles. Hubo momentos en que pensé que simplemente era un aroma. Una ensoñación sugerida por las fragancias del verano.

Aquella misma noche comprobé cuánto me equivocaba. Dormí poco: la imagen avanzaba constante sobre mi ánimo. Se mantenía en tensión, flameando. Cuando procuraba aprehenderla, simplemente, se alejaba.

Fue necesario el arduo tránsito de tres días para encontrar su origen. La proximidad o mi aturdimiento provocaron la demora. No podía ser de otra manera: la había recogido en el museo.

No sin cierto temor hice mi segunda entrada en busca del cuadro. Lo encontré en la planta superior. Era un óleo imponente, no sólo por sus dimensiones. Una delgada barandilla de metal lo protegía tanto de la curiosidad como de la admiración desmedida. La información era la usual; allí, me enteré de que Rembrandt le había dado fin en 1642 y lo llamó *La ronda nocturna*.

Recuerdo, ahora, mi insensatez; estuve horas

contemplando la tela con aire desafiante. Buscaba la razón por la cual mi inconsciente se había infestado con tanto fervor.

Creí que mi prudencia se restablecería con aquel hallazgo; sin embargo, no conseguí otra cosa que continuar con mi destino.

Visité bibliotecas. No tuve dificultades en encontrar material en francés sobre el tema. Pocos eran los estantes que no estuvieran repletos de libros sobre Rembrandt y su obra.

Los textos coincidían en alabanzas sobre el manejo de la luz o la precisión del trazo. Pero se referían en forma somera al particular momento en el que llevó a cabo *La ronda nocturna.* Sólo Jacop van Campem, que dedicó su vida al estudio de Rembrandt, consignó en uno de sus volúmenes una referencia accidental sobre aquellos años: "De hecho ha perdido su fortuna en los negocios de Indias y su vida empieza a estar rodeada de misterio".

Ninguno de los autores fue menos parco que van Campem. La imprecisión y el desconocimiento parecían ser las únicas características de aquel período.

Por supuesto, mis visitas al museo eran casi diarias en ese tiempo. Un banco de madera cercano a la tela era el lugar que utilizaba para la lectura y la contemplación. Cuando mis ojos, extenuados, se negaban al arduo rastreo entre la esterilidad de aquellos comentarios, no tenía más que levantar la cabeza para observar la ferocidad cromática de la obra.

Reuní abundantes datos inútiles con la ambición de encontrar una secreta clave: enumeré las lanzas, supe los nombres de las prendas que vestían, interpreté –hasta donde me fue posible– el texto del blasón que preside el lienzo y hasta tuve en mis manos un arcabuz de las mismas características que los representados en el cuadro.

Poco después, el estandarte que sostiene uno de los personajes en segunda línea me permitió conocer la identidad del protagonista de la escena. El hombre con ropaje negro, de barba y gestos enérgicos, que reúne en su figura la atmósfera de la imagen, fue un militar holandés acaudalado del siglo XVII, de nombre Pumerland.

Gastando más de lo que disponía, tuve acceso a un dudoso documento: un fragmento de una carta manuscrita por el tal Pumerland. Presuroso, la hice traducir y allí encontré palabras que sólo aumentaron mi desconcierto: "Extraños conceptos acerca del retrato posee el amigo de Jan Lievens, el señor Rembrandt Harmenszoon van Rijn. Hace pocos meses le solicité uno de cuerpo entero y sé que sólo ha comenzado una escena grupal. Fui enterado por un hombre mío, quien también aseguró que aparezco del todo ridículo junto a mi lugarteniente, en medio de la confusión de la milicia".

No supe qué pensar. Algo había arrastrado a Rembrandt a desoír la voz del pedido para llevar a cabo lo que el desconocimiento de un crítico calificó como “monumento al pueblo holandés tomando las armas para defender sus libertades”.

Mi frecuencia de visitas provocó el aséptico saludo del personal del Rijskmuseum. Al cabo de un mes conocía ciertos hábitos y simpatías de aquellos que más contacto tenían conmigo: los de la planta superior. Entre ellos, hubo un hombre de hermetismo prudente, Jacob Symonszoon, que supo ganarse mi confianza y también, debo decirlo, mi afecto.

Fui franco con él. Un mañana nublada le conté el motivo de mi repetida presencia en aquella sala.

Su mirada fue impasible, carraspeó y casi sin voz dijo:

—El maestro pintó lo que debía. En su arte, las razones nunca están signadas por lo exterior, no siempre son claras y menos inmediatas. Con su osadía se desafió, desafiando –sin proponérselo– a sus contemporáneos. Quizás sólo intuyendo el motivo en la sombra de sus pinceles. Por otra parte, es entendible que el hombre de armas reclame desde su vanidad: acaso, haya sido lo único que poseyó además de fortuna.

No quise continuar con aquel diálogo. Symonszoon supo entender mis excusas y, casi de inmediato, me encontré en la soledad de la sala.

Nuevamente observé el lienzo y, una vez más, entreví el peso de la sinrazón en su ámbito. La luz apenas pendiente de los rostros era el soporte de lo relativo. Cerca del eje central que dividía el cuadro, una figura femenina de diminutas proporciones, que concentraba un singular resplandor, sugería la imposibilidad de aquel espacio. La cohabitación en la escena de ciertos contrastes mostraba un quiebre evidente y, valga el oxímoron, muy sutil de la coherencia. Hasta la torsión del perro concreto mostraba –inefable– la irrealidad.

La tarde de aquella jornada fue mi último intento de reintegrarme a la vida. Amsterdam, con la madurez del verano sobre sus canales, era el lugar más adecuado para mi propósito. Deambulé por sus calles horas enteras. Mi paladar y mi ánimo se impregnaron de alcohol y, más tarde, la audacia precisa de una sonrisa hizo posible la intensidad con una mujer.

Miré al descuido mi reloj mientras inclinado contemplaba el Herengracht con los antebrazos sobre la baranda de cemento de alguno de sus puentes. Faltaban veinte minutos para las seis, hora de cierre del Rijskmuseum. Tenía más que el tiempo necesario para llegar; dudé pocos segundos, no logré evitarlo: me engañé con la idea de una rápida visita.

El personal no reparó en mi entrada. Ya en la escalera, me crucé con dos guardias; sus rostros familiares provocaron de inmediato un saludo que quedó sin respuesta.

En la segunda planta, pude ver la obra sin más claridad que la que entraba por los ventanales. Alguien había desconectado las luces de las salas; el museo acababa de cerrar y yo había quedado adentro.

Asumí la situación a pesar de su insensatez. El pánico no avanzó sobre mí e intenté sumirme en la contemplación hasta que las desfavorables condiciones lo hicieran posible.

A medida que el día caía, yo me acercaba más al cuadro, y restringía así mi ángulo de observación en virtud de su tamaño. Insistí hasta que la luz no fue más que un recuerdo en mis retinas.

Sentí la barandilla metálica presionándome el estómago: sólo aquel objeto entre la pintura y mi persona. Me deleité con la piel tranquila del rostro de Pumerland y con la brisa retenida por los pliegues de su atuendo.

Escasa fue la prudencia cuando levanté mi brazo. Mi intención fue percibir la textura del oscuro ropaje del militar.

A pesar de la sorpresa, reaccioné a tiempo cuando vi la lanza; pude cambiar el destino de la herida: sólo alcanzó a rasgar mi hombro izquierdo. Sin embargo, la destreza del segundo soldado fue efectiva, sepultó el filo entre mis pulmones.

Pumerland contempló mi agonía con gesto indiferente, parecía molesto por el creciente murmullo de la tropa. Pero antes de que la sangre invadiera mi garganta, me señaló con energía e hizo un comentario en el oído de su lugarteniente; no pude escucharlo, sin embargo comprendí sus gestos a través de los siglos. Yo era la víctima, mi inmolación había cargado a la obra de sentido.

En un corto lapso, la densidad del silencio avanzó sobre mis sienes. Entonces, sólo deseé que en la mañana fuera Jacob Symonszoon, el único conocedor de la verdad, quien encontrara mi cadáver con la confusión de la herida en medio del pecho.

LA JAULA DEL DRAGÓN

PABLO DE SANTIS

PABLO DE SANTIS

Nació en Buenos Aires en 1963. Es escritor, periodista y autor de historietas. Ha publicado, entre otros libros destinados a los jóvenes, *Desde el ojo del pez, La sombra del dinosaurio, Pesadilla para hackers* y, en Alfaguara, *Lucas Lenz y el Museo del Universo* y *Las plantas carnívoras.* También es autor de las novelas para adultos *El palacio de la noche, La traducción, Filosofía y Letras* y *El teatro de la memoria.*

Hace tiempo, los calígrafos eran tentados a cumplir con trabajos que los llevaban lejos de la Sala de Caligrafía, misiones de las que a menudo no volvían. Los que se quedaban en la Sala repetían historias sobre la suerte de los fugitivos. Algunas eran tan remotas que provenían de los orígenes mismos de la Sala, pero sus peripecias eran relatadas como si acabaran de ocurrir.

Una de las más repetidas nos habla de un señor llamado Furo, que vive en soledad, rodeado de los tesoros que acumuló en su vida. La casa es inmensa, los terrenos que la rodean alcanzan la orilla de los pantanos. Cerca de la casa está su zoológico privado, cuyas jaulas de hierro forjado repiten la forma del animal que las habita.

El señor Furo contrata a dos calígrafos, Marino y Silvio, para escribir en grandes cuadernos azules el catálogo de sus colecciones. Durante un año, Silvio y Marino trabajan en la enumeración de joyas, pinturas, plantaciones de café, minas de cobre, soldados de plomo, retratos al óleo de mujeres que Furo dice haber olvidado.

Silvio trabaja con serenidad; Marino con apuro, como para probar su eficacia, quizás porque ha descubierto que Furo no tiene herederos. Esta prisa lo lleva a cometer algunos errores: un cuadro de Bandeus anotado como De Venturi, un anaquel de la biblioteca (correspondiente a naturalistas del siglo XVII) ignorado por completo. Silvio no se preocupa por competir con Marino: sabe que el apuro es inútil, que nunca se agotarán las pertenencias de Furo, que sus agentes siguen buscando rarezas por el mundo.

Llega el día de catalogar las jaulas y los animales. Furo, que nunca sale de la casa, se asoma a los cuadernos y descubre que una de las jaulas ha estado siempre vacía. Es la jaula del dragón.

Marino le explica que los dragones no existen. Furo no comparte esa opinión y le pide a Silvio que parta en busca de un dragón, aunque tenga que recorrer el mundo. Silvio tampoco cree en dragones, pero en toda su vida hizo un único viaje, desde su ciudad hasta la mansión de Furo. Existen tantas cosas en el mundo que ignora que bien podría haber entre ellas un dragón.

Furo propone un trato: si Silvio vuelve con el dragón, se convertirá en su heredero.

Si regresa con las manos vacías, Marino se quedará con todo.

Silvio parte sin que nadie lo advierta. A los tres meses el señor recibe una postal de un puerto caribeño; tiempo después un envío del Himalaya. Furo manda giros a distintos puertos para que Silvio no se quede sin dinero y pueda seguir viajando, si es preciso, durante años. De tanto en tanto el viajero envía señales: mapas que indican la presencia de dragones, páginas arrancadas de libros escritos en lenguas extrañas, transcripciones minuciosas de conversaciones casuales. Hay noticias esporádicas: persigue una feria de atracciones por el oeste de Norteamérica, naufraga en un río del Amazonas, enferma de malaria. La fiebre lo lleva a escribir largas cartas incomprensibles: en sus sueños oye las palabras del dragón que lo espera.

Pasa un año sin que se vuelva a recibir otra señal. Marino intenta convencer a Furo de que Silvio lo ha estafado, de que se ha dado la buena vida por el mundo y que ahora ha decidido abandonar el juego. Furo teme que Silvio haya muerto: sus agentes no lo encuentran por ninguna parte. Hace construir un xenotafio en el jardín, como los que recuerdan a los navegantes tragados por el mar. Marino, cada vez que pasa, echa un puñado de arena sobre la lápida, con la esperanza de que algún día la piedra con el nombre de su rival acabe por ser sepultada.

Marino ha conseguido una participación cada vez mayor en los negocios de Furo, pero sus torpezas provocan descalabros financieros. Mes tras mes las riquezas desaparecen, las plantaciones y las minas se venden, se cierran las cuentas en bancos que a su vez se hunden.

Cuando las cartas de Silvio vuelven a aparecer, Furo ya no es el hombre más rico del país. Comienzan a venderse los heterogéneos tesoros a precios irrisorios, porque esa galería de curiosidades sólo podría interesar a una clase de coleccionistas que ya no existe. A espaldas de su señor, Marino le envía un cablegrama a Silvio: "Ya no se le enviará más dinero". Silvio responde: "Continuaré por mi cuenta".

Pasa otro año. Los animales del zoológico mueren y son enterrados cerca de las jaulas. La última en morir es la pantera atigrada. Furo enferma: no le extraña que todo se extinga a su alrededor mientras él se extingue; le parece que el mundo se ha tomado la molestia de acompañarlo en su tránsito.

Marino está seguro de que a Furo le queda poco tiempo de vida. Desesperado, lo presiona para que firme el testamento. Una noche de tormenta, Furo, cansado, acepta el hecho de que Silvio ya no regresará, que nunca traerá ningún dragón. Cuando está por firmar descubre, afuera, en la oscuridad, la luz de una linterna. Entra Silvio, avejentado, empapado, quemado por el sol, más musculoso que en los tiempos en que era un calígrafo pero a la vez un poco más débil, como si escondiera una herida. "Lo traje", dice, pero no hay triunfo en la voz, sino apenas sorpresa porque ha terminado algo que creía interminable.

Silvio les advierte del peligro: la bestia que trajo se asustó con la tormenta y escapó de la precaria jaula. Ahora vaga hambrienta por los jardines. Marino declara que todo es un fraude y sale en medio de la lluvia para probar que afuera no hay nada.

"Ha ganado la herencia", le dice Furo a Silvio. "Pero no hay nada para heredar, excepto el dragón".

Silvio pide permiso para ocupar su antiguo puesto; arranca de las telarañas su pluma y su tintero y se dispone a escribir. Oye, confundido con los truenos, un grito de agonía. Antes de ser vencido por el cansancio, escribe en el cuaderno polvoriento la palabra dragón.

DARK
GRISELDA GÁLMEZ

GRISELDA GÁLMEZ

Actualmente vive en la ciudad de Buenos Aires. Es profesora en Letras y ejerce la docencia en el nivel secundario y en el terciario. Entre otros libros para chicos, ha escrito *La almohada que canta cuentos* y *Candelaria*, y para adolescentes, la novela: *Playa Soledad*. Estos dos últimos, editados en Alfaguara. Además ha participado en varias antologías con poemas y obras de teatro.

Estaba prontuariado bajo el rótulo **Delincuente con reminiscencias aisladas.** Durante el juicio sumario él no hizo ninguna objeción. Sabía que, con este u otro rótulo, no iba a cambiar su destino. Sabía que no lo esperaban la prisión ni la muerte, como a ninguno de los procesados en estos Juicios de Control Social.

La humanidad del año 2994 había superado el horror fratricida de la pena capital, también las guerras. No eran necesarias. La superpoblación se controlaba gracias a los altos índices de suicidios voluntarios cuyos motivos permanecían desconocidos para la mayoría. Los homicidios eran tan esporádicos, que apenas si merecían un párrafo en la legislación vigente. Se los penalizaba con *Exención del beneficio de consumo* de productos tecnológicos.

Hasta el momento del juicio, él había estado convencido de que su prontuario se inició el día en que un impulso lo había levantado de su asiento en un transporte colectivo.

—Siéntese —recordaba haberle ofrecido a una anciana.

Ella lo había mirado con ojos despavoridos, casi lastimeros.

Dos personas se desconectaron los auriculares musicales automáticos para observarlo.

—Ocupe su asiento, joven —ordenó la voz inapelable del robot conductor.

La anciana quiso bajar en la próxima parada, después de mirarlo con expresión de reproche.

También había estado convencido de que el tercer hecho de escándalo social no fue registrado por los controles. Una vez más aconteció en un transporte colectivo. El vientre de una mujer encinta se abultaba debajo de la blusa. Parecía latir a unos centímetros de su rostro. En esta oportunidad se abstuvo de hablar, se incorporó como si fuera a bajarse en la siguiente parada y se desplazó hacia atrás. Hubiera jurado que nadie lo había visto, pero a los dos días sus padres recibieron el Boletín de Actitudes Juveniles con la calificación de *Disturbios crecientes en el área socio-afectiva.*

Naturalmente le pidieron explicaciones. No supo qué contestarles porque él también estaba confundido.

—Fue un impulso —se le ocurrió decir.

Después lo asaltaron algunos pensamientos que no quiso aceptar. Tenía una mala experiencia con anteriores intentos de reflexión. Lo dejaban en un estado cuyo nombre desconocía pero que era posible representar como una laguna tremendamente quieta y sucia. O más bien, la concavidad que aludía a esa laguna ausente.

Sin embargo los pensamientos habían insistido. "No fue igual tu actitud con la anciana que con la mujer encinta", lo acicateaban. Por fin tuvo que aceptar que algo en la atmósfera de esa mujer, o quizá el dibujo de su rostro, le habían recordado a Leiza.

Se habían conocido al ingresar en el Instituto de Estudios Continuados y la certeza de esa presencia, a la vez evanescente y nítida, fue lo único que lo había consolado de abandonar su infancia. Nunca había visto ojos iguales a los de Leiza. Eran ojos que al mirar, decían. Creaban la irrefrenable, absurda necesidad de recostarse en ellos.

Pero Leiza había desaparecido casi al finalizar el segundo año. Y no se preguntaba dónde iban los que se iban de un día para otro. Porque las dos contestaciones posibles eran igualmente horrendas.

"Sentiste lo mismo que con la figura meditante", le dijo un último pensamiento rezagado. Él lo dejó ir casi con pena, aunque sin entenderlo.

Había visto esa extraña figura en la columna de una autopista que tronaba detrás del

Anfiteatro de Conferencias. En esa ocasión también estaba perplejo consigo mismo. ¿Por qué había reclamado silencio para escuchar las palabras del profesor Tiresias? ¿Por qué le habían molestado el ruido de los móviles en la autopista, el parloteo de los de atrás y, por último, el grupo que entró en la mitad de la conferencia acomodándose sin ningún pudor en la primera fila? Era lo corriente, lo previsible. Pero un cierto desamparo en el rostro del disertante, una indefinible nostalgia dentro de sí, lo impelían a oponerse.

Al finalizar la conferencia había salido casi corriendo. Pero eso no lo libró de los controles electrónicos que marcaron un *Socialmente objetable* en su tarjeta de Evaluaciones Permanentes.

Fue después de aquel suceso que había reparado en una figura desconocida, extranjera para el lugar y el diseño, sobre una columna de la autopista. Era un hombre sentado, de perturbadora quietud, que parecía enseñorearse del desenfreno circundante. Sentirse bajo su mirada era empezar a reconocerse, bajar a las profundidades del abandono. Y (un sinsentido más) esa mirada le recordaba a otra. La de un antiguo simio que había visto por televisión. El animal estaba limpiando la boca sangrante de un compañero herido.

Quizá lo incomprensible de la situación había favorecido el olvido de ese hallazgo; hasta que otro atentado social facilitó las conexiones. El último error, definitivo, que había provocado el juicio sumario.

—¿Por qué ayudó al alumno XZ de su misma división?

—No sé, lo hice sin darme cuenta —lo asesoraron que contestara.

—¿Sin darse cuenta? —lo interpeló la voz en off flotando un minuto en la sala de la Magistratura—. ¿Sin darse cuenta lo apartó del radio de acción de la Máquina Aspiradora de Alumnos de Éxito Insuficiente? ¿Sin darse cuenta interrumpió la Reubicación Automática en áreas acordes con la inferioridad detectada? ¿Por qué facilitó al alumno XZ la respuesta para el Cuestionario de Selección Permanente? Conteste, por favor, conteste.

Su intención era seguir respondiendo lo aconsejado por el asesor legal que habían contratado sus padres. Pero la pantalla que ocupaba el lugar de los antiguos jueces estaba proyectando la totalidad de su prontuario. Pudo comprobar que no eran cuatro como había supuesto, sino cinco las faltas que se le imputaban. También habían registrado un episodio de su infancia que ni recordaba y que, por otra parte, nunca hubiera sospechado peligroso.

Cinco faltas eran suficientes para la máxima y única penalización posible.

—Lo hice porque sentí compasión por él.

Sus padres se miraron afligidos. Jamás habían escuchado esa palabra. Ni ellos ni ninguno de los presentes. ¿Qué error habían cometido para que ese hijo les saliera tan ajeno a los Moldes Sociales Prefijados?

Delincuente con reminiscencias aisladas.

Titiló una vez más en la pantalla la última línea de la sentencia.

Él no hizo objeciones. Prefirió aprovechar el tiempo para releer la primera falta de su prontuario. Estaba fechada alrededor de sus nueve años y proclamaba: "Se interesa y pregunta demasiado por los héroes de la Antigua Civilización".

AISLAMIENTO ABSOLUTO era la condena. El motivo aducido: *Prevención de contagio social.*

Luego se aprestó para la ejecución. Sabía que cualquier lugar daba lo mismo para que la máquina verdugo creara las ausencias. Respiró profundo y sus ojos se detuvieron por última vez en los rostros queridos, cruelmente desolados ahora, de sus padres.

En una ráfaga de tiempo sin tiempo, tres pares de ojos iguales y distintos se imprimieron sobre su mirada: los ojos del simio, los de la figura meditante y los de Leiza.

Alcanzó a sonreír, antes de que lo vieran desaparecer.

EL POTRO NEGRO
LUCÍA LARAGIONE

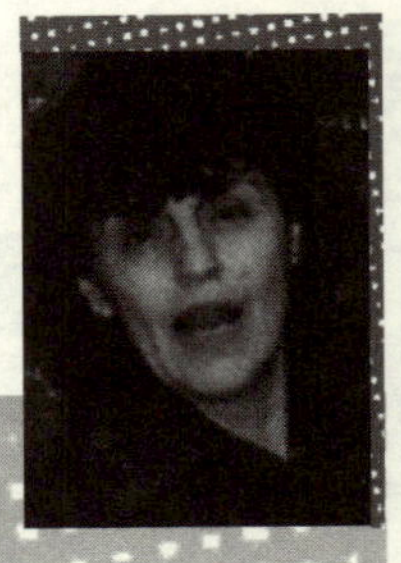

LUCÍA LARAGIONE

Nació en Buenos Aires, en 1946. Ha publicado libros de poesía y teatro para adultos. Entre sus obras para chicos y adolescentes podemos mencionar: *La bicicleta voladora, Llorar de risa, El pirata y la luna* y, en Alfaguara: *Amores que matan, El mar en la piedra, Tratado universal de monstruos* y *Palabristas.*
Por su obra *Cocinando con Elisa,* obtuvo el segundo Premio Municipal, el Premio Argentores y el "María Teresa León" (España).

[1]

Ha vuelto a visitarme en sueños: el potro negro clava en mí la mirada, como invitándome a montarlo para conducirme quién sabe adónde. Una de estas noches, quizás me anime y me deje llevar al galope.

Ya una vez, hace muchos años, me trasladó muy lejos, a un territorio de niebla. Sucedió en el verano de 1943: tenía yo, entonces, quince años. Mis padres debían viajar a Europa y decidieron dejarme en el campo de unos conocidos, los Zeballos. Si bien yo no tenía demasiada confianza con aquella gente, la idea de quedarme en un lugar donde había caballos me llenaba de entusiasmo.

El día anterior a la partida, mis padres me acompañaron a Indio Muerto, nombre de la estancia donde los esperaría. Todavía resuena en mis oídos, la explicación paterna: "El lugar se llama así porque, en la época de los malones, al tatarabuelo de la familia, no había indio que se le escapara. Dicen que donde ponía el ojo, ponía la bala".

Recuerdo mi excitación cuando, apenas llegados, Gerardo Zeballos, el patrón, me acompañó hasta el potrero. Aquello era una fiesta para los ojos: zainos, tordos, alazanes y hasta un bellísimo ruano pastoreaban libres y gozosos. Muy despacito, me acerqué y, acodado en la valla, me dispuse a elegir la montura. A mi lado, el hombre señaló un tordo indicándome que era muy dócil. Sé que clavé los ojos en el caballo y vi cómo el pelaje negro y blanco brillaba bajo la luz dorada de la media tarde. Yo no quería uno dócil. Soñaba con un potro brioso, indomable. Negro como la noche, rápido como el viento. Un animal con el cual fundirme, a la manera de un centauro, en un único ser.

Uno por uno, pasé revista a los caballos con la convicción de que, cuando apareciera el que buscaba, lo reconocería como se reconoce una pasión: con todo el cuerpo. Sin embargo, aquella tarde no encontré al que me hiciera correr frío por el espinazo.

Al caer el sol, y después de hacerme las recomendaciones habituales en esos casos, mis padres partieron. Los despedí sin pena: me dejaban en el paraíso.

Durante la cena en la amplia cocina, el tema obligado fueron, por supuesto, los caballos. Conté con detalles cuál era mi ideal, ese que yo estaba esperando. Instantáneamente, surgió la imagen de los potros que montaban los indios, animales veloces y aguerridos, capaces de correr aun con las patas boleadas permitiendo a sus jinetes escapar de los perseguidores. Dije que, efectivamente, uno así me gustaría.

Una cosa trajo la otra y, en la larga sobremesa que siguió a la sabrosa comida, se contaron decenas de relatos sobre las antiguas luchas entre blancos e indios. Gerardo narraba con tal vividez los diferentes episodios que yo casi podía ver y sentir el retumbar de los cascos en el avance del malón, los alaridos de los indios gritando su amenaza de matar –"lape, lape, lape"– y, finalmente, la horda cayendo como una desbordada fuerza de la naturaleza sobre poblaciones indefensas para asesinar, robar, incendiar, cautivar.

Fue en ese momento que uno de los comensales recordó el trágico fin de una lejana parienta, una adolescente llamada Merceditas, hija del fundador de la estancia. Noté que Gerardo se ponía tenso cuando el otro hizo mención al hecho. Pero rápidamente atrapado por la historia que el hombre empezó a narrar, dejé de observar a mi anfitrión.

Alrededor de mil ochocientos y pico, la muchacha había sido cautivada por el malón de un aguerrido cacique llamado Painé. Pero un par de años después el indio murió de improviso, tal vez a causa de un ataque al corazón. Inmediatamente la desgracia fue atribuida al *renú,* un pacto de las brujas con el demonio, según la superstición de los bárbaros. La decisión de Calvaiñ, hijo de Painé, fue realizar una limpieza de brujas. Para eso, reunió a todas las mujeres de la toldería y de otras cercanas. Aterrorizado y suplicante, el obligado cortejo iba acompañando el entierro del cacique que se detuvo en ocho estaciones: en cada una de ellas, un grupo de indias fue asesinado a golpes de bolas y a lanzazos. Finalmente, al llegar al lugar donde darían sepultura al muerto, Calvaiñ hizo venir a la viuda de Painé, Merceditas Zeballos, la adolescente cautiva que el cacique había tomado como esposa principal, ahora madre de una criatura de pecho. Ella no iba a ser asesinada por bruja sino porque debía acompañar a su marido en la muerte. La muchacha lloró y suplicó por su vida pero sólo consiguió que, por última vez, dejaran mamar de su seno al hijo. Luego, se lo arrancaron de los brazos y a ella la mataron de un golpe en la cabeza.

Aquella noche me fui a dormir con las imágenes de los indómitos caballos de los indios y también de la desdichada Merceditas y sus compañeras de martirio.

[2]

Tragado por una niebla espesa, el campo había desaparecido. Un manto gris colgaba frente a los ojos que inútilmente intentaban penetrarlo.

El día anterior, Gerardo y yo nos habíamos puesto de acuerdo en cabalgar por la mañana pero, ahora, había que esperar a que la bruma se disipara. Lleno de ansiedad, decidí salir a caminar un rato.

Avanzaba casi a tientas, respirando el olor fresco del pasto, cuando oí retumbar a lo lejos lo que reconocí como el galope de un caballo. Los cascos golpeaban rítmicamente sobre la tierra, acercándose cada vez más hasta que, a pocos metros del lugar donde me encontraba, resonó un poderoso relincho. Unos segundos después apareció, fantasmagórica en la niebla, la silueta del potro. Me aproximé lentamente, temiendo espantarlo: el pelaje negro relucía como la noche. Ahora estábamos frente a frente, podía sentir su aliento en la cara y ver los ojos inteligentes y expresivos que parecían hablarme. Extendí la mano y, con suavidad, acaricié la espléndida cabeza adornada de pobladas crines, el lomo, los flancos.

De pronto, el potro flexionó el largo cuello y me topeteó juguetonamente como invitándome a jinetearlo. Sentí que el frío me corría por el espinazo y sin dudarlo, de un solo salto lo monté. Apenas lo hice, salió disparado como alma que lleva el diablo. Sujeto de sus crines, fundido con él, yo me bebía el viento. Nunca, jamás, en toda mi larga vida, he vuelto a sentir aquella sensación de plenitud y libertad.

Al galope, atravesamos un territorio de brumas. No sé cuánto tiempo ni qué distancia anduvimos pero recuerdo que, de pronto, salimos de la niebla y entramos en un paisaje desértico: paja brava y cardizales eran la única vegetación.

Sin fatigas ni renuncias, el caballo me conducía hacia un destino misterioso y yo me dejaba llevar en el puro goce del galope. Pero entonces de pronto, con total extrañeza, alcancé a divisar unos toldos que se alzaban en medio de la nada. Recuerdo haber pensado que debían de ser restos de un pasado lejano. La montura mientras tanto galopó hasta alcanzar la toldería y, una vez allí, se detuvo de golpe como si una mano invisible hubiera tirado de las riendas.

En ese momento, lleno de asombro, de una de las tiendas –sostenida por palos hundidos en la tierra y techada con pieles de oveja y cueros de vaca– vi salir a un indio imponente, de anchos hombros y piernas combadas. Los brazos cruzados sobre el ancho pecho, el hombre clavó en mí los negrísimos ojos y, como si me conociera, me habló en un castellano salpicado de expresiones fuera de uso y modulado con áspero acento. De forma paternal pero pleno de autoridad, me recriminó que, tal como me lo había pedido largo rato atrás, yo no hubiera conducido su caballo hasta la aguada. Me peguntó si acaso no me daba cuenta de que el animal estaba muerto de sed.

Antes de que hubiera podido intentar una respuesta que por otra parte no tenía, el caballo giró sobre sí mismo y se encaminó en busca del agua. Una vez allí, yo desmonté y el animal bebió hasta hartarse.

Recuerdo que me sentía como desdoblado: asombrado protagonista y curioso espectador de los raros sucesos que estaba viviendo. En ese momento, un chistido a mis espaldas interrumpió las confusas cavilaciones. Al voltear, me encontré con una muchachita de mi edad o incluso menor. Era menuda y delgada, y llevaba los largos cabellos rubios desgreñados. Bajo la suciedad se podía adivinar la piel muy blanca. Su vestido, ahora rotoso, debía de haber sido encantador en otro tiempo. En los brazos, cargaba una criatura de pecho.

—¿Te arrepentiste acaso de lo que convinimos? —preguntó, ansiosa.

Me quedé mudo, sin saber qué responder.

—Te dije que mi padre es un poderoso estanciero. Te va a recompensar bien por tu acción. Palabra de Merceditas Zeballos —concluyó altiva.

En ese momento, horrorizado, comprendí que ésta era la muchacha a la que iban a asesinar. Y, de golpe, imaginé que se me estaba dando la oportunidad de cambiar un destino. Sin embargo, antes de que yo pudiera decir nada, ella afirmó:

—Tiene que ser ahora: Painé está durmiendo. Tomemos su caballo y huyamos.

—¿Es del indio esa criatura? —me oí preguntar como si las palabras tuvieran vida propia.

—Es mío —respondió desafiante.

Como un autómata, tomé a la muchacha de la cintura y la levanté por el aire. Todavía mis manos guardan memoria del fino contorno y los brazos recuerdan la levedad del peso. La senté en la grupa del potro y, antes de que yo mismo llegara a montarlo, el animal salió disparado con la liviana carga, dejándome allí en medio del desierto.

[3]

Cuando recuperé la conciencia, habían pasado diez días desde mi llegada a Indio Muerto y nueve desde el momento en que había salido a caminar.

Fue Gerardo quien me encontró desvanecido, en medio de la niebla, a metros de la entrada de la estancia. Pasé más de una semana con temperaturas cercanas a los cuarenta grados: el médico indicó aspirinas y paños fríos sobre la frente y también sulfamidas por si se trataba de una infección.

Poco a poco, la fiebre fue cediendo tan misteriosamente como había llegado. Durante el tiempo que duró mi convalecencia, revisé una y otra vez las imágenes de lo que creía haber vivido. Y atribuí la intensidad de las sensaciones a las altas temperaturas que me habían arrebatado.

Finalmente, ya repuesto, me quedaban unos pocos días de permanencia en la estancia: en menos de una semana mis padres regresarían.

Aquella mañana, Gerardo preguntó si me sentía en condiciones de salir a cabalgar. Ante la respuesta entusiasta, ensilló su caballo y alistó para mí el dócil tordo.

Era un hermoso día de abril. Un sol tibio resbalaba dulcemente sobre la piel y el olor del campo era fresco y excitante. Andábamos al paso y yo me sentía contento de estar bien y agradecido a aquella familia que me había cuidado como a un hijo. Todo favorecía la confidencia y fue en esas circunstancias cuando me decidí a contar el extraño sueño en que la calentura me había sumido. Narraba recordando con total vividez cada uno de los momentos. Sin embargo, a medida que el relato avanzaba, noté que Gerardo palidecía y se ponía tenso. Hasta que, de pronto, detuvo bruscamente al caballo y me encaró de muy mala manera, inquiriendo si yo estaba haciendo eso para molestarlo.

Me quedé de una pieza. No podía entender en qué lo había ofendido. Él, por su parte, hizo voltear al caballo y, a galope tendido, regresó a la estancia.

[4]

En la pintura, la muchacha era exactamente igual: llevaba incluso el mismo vestido leve y vaporoso y, en la expresión de la mirada, la determinación era la misma.

Habían pasado un par de días desde la cabalgata que terminó en incomprensible enojo. Sólo al cabo de ese tiempo, Gerardo volvió a dirigirme la palabra. Me pidió disculpas por el exabrupto y dijo que quería mostrarme algo. Me condujo entonces hasta una bohardilla que encerraba toda clase de trastos de otra época: en medio de ellos estaba el cuadro.

No fue necesario que me preguntara si la conocía. Por mi palidez, comprendió inmediatamente que se trataba de la misma chica con la que yo ¿había soñado?

Lentamente, como si le doliera, Gerardo desgranó la historia: así me enteré de que Merceditas, luz de los ojos y niña mimada del viejo Zeballos, cautivada a los trece años por Painé un aciago día de 1846, no había sido muerta en el episodio de las brujas. La verdad era otra.

Sucedió que, meses antes de que el cacique muriera, en un descuido de Painé, la cautiva Merceditas logró apoderarse del veloz potro negro del indio y huir con su pequeño hijo. Cabalgando a través del desierto, comiendo y bebiendo lo que encontraba, sorteando toda clase de peligros, consiguió llegar con sus últimas fuerzas a Indio muerto. Pero entonces el viejo Zeballos le exigió que abandonara a ese crío, a ese bastardo, prueba de la deshonra. Ante la tenaz negativa, el hombre prohibió a su hija la entrada a la casa. Maldiciéndolo, Merceditas intentó regresar a la toldería. No lo logró: ella y su hijito murieron en el desierto.

El relato me dejó helado, sin poder articular ni un pensamiento ni una palabra. Sólo sintiendo cómo el frío corría por todo mi cuerpo... Por una insondable disposición, un secreto que aquella familia encubría con una mentira, me había sido revelado.

—Ya ves —concluyó amargamente Gerardo— que la barbarie no era sólo patrimonio de los salvajes.

Comprendí entonces que la desgraciada historia seguía pesando en la conciencia de los Zeballos y, entonces, pude entender también el exabrupto con que había reaccionado mi anfitrión al suponer que, de algún modo, yo había accedido al secreto y que, con mi relato, lo estaba provocando.

Han pasado más de cincuenta años, desde aquellos sucesos. Ya rondo los setenta y me voy acercando con temor pero también con cierta curiosidad al misterio de la muerte. Y ahora que el potro negro ha vuelto en sueños, se me hace que, tal vez, me esté invitando a un viaje desconocido.

Quién sabe. Quizás una noche de éstas, acepte el convite y, al galope tendido, me vaya con él.

PAJARITAS

LUIS MARÍA PESCETTI

Acomódense en la sala
que ya vendrán seres con alas.

Mostraba el sombrero vacío. Se lo ponía nuevamente, hacía un pase con las manos y decía:

Siento plumas, siento vuelo:
¡Algo quiere irse al cielo!

Cuando se quitaba el bonete sacaba pajaritas de papeles de colores, una para cada invitado, hasta para los grandes. Todas las habían hecho juntas ellas dos.

En la escuela a Ema la conocían por sus pajaritas. Las podía hacer grandes o pequeñas. Movían las alas.

Cuando tenía once años llegó un chico nuevo al grado. Ema se enamoró desde que lo vio. Martín era hijo de inmigrantes búlgaros, no hablaba una palabra de español. Pasó el día con cara de asustado y sonrió por primera vez cuando Ema le regaló una pajarita.

A los demás chicos les daba lo mismo que Martín entendiera o no. Iban hasta su pupitre y le hablaban entusiasmados, lo invitaban a esto y a lo otro. Martín los escuchaba sonriendo, cada tanto asentía con la cabeza. Nadie sabía cómo hacer, no era como si hubiera sido italiano o francés que, al menos con una palabra o dos, o buscando en cualquier diccionario, se podía invitar a jugar o pedir un pedazo de sándwich. Pero, ¿búlgaro? No había un maldito diccionario en toda la ciudad.

Para hacer pajaritas no hace falta hablar español, ni siquiera abrir la boca. Ema le enseñó y, por raro que parezca, ése era el único momento en que Martín se soltaba a hablar. Ema le decía:

—No entiendo, no sé qué me decís.

Pero a Martín le importaba un cuerno, él tenía ganas de hablar y no iba a dejar de hacerlo por el pequeño detalle de que ella no supiera búlgaro. Martín era la persona más parlanchina que había conocido en su vida; pero sólo lo mostraba cuando estaba con ella, doblando papel. Con los demás chicos se entendía con unas pocas palabras, o por señas y empujones.

Martín era realmente guapo y, a medida que pasaron los días, Ema se enamoró más y más. Empezó a escribir su nombre en las hojas, luego las doblaba de tal manera que el "Martín" quedaba adentro de la pajarita y nadie se enteraba. Pajaritas llenas de Martines. Igual que Ema.

Una tarde apareció una señora alta y rubia, que la maestra presentó:

—Niños, ésta es Sofía, la mamá de Martín.

La señora, inclinó la cabeza con elegancia.

—El padres de Martín se encuentra trabajo en otras país y hoy nos despedimos... Martín me pidió que quería decirles que nunca se olvidará de ustedes todos. Que fueron muy buenos, que él y nosotros los llevamos en el corazón (y apoyó su mano en el pecho)... para siempres.

—¿Y qué pasó?

—¡Uf...! Era un loco de la guerra, no podía estar quieto, quería irse a estudiar a otro país... nada, se fue a Francia con dos pesos y no pudo volver por años. Lo extrañé horrores, cuando regresó ya cada uno tenía su vida por otra parte.

Después de esa conversación pasaron unos años. En la escuela comenzó un curso de teatro, Ema se anotó. Lo que primero fue una excusa creció hasta que le gustó más que ninguna otra actividad. El teatro era como las pajaritas, que dejó como se dejan las muñecas. Ahora ella misma, con su cuerpo, se doblaba como el papel de entonces. Y al Martín que sus pajaritas llevaban escondido, lo reemplazó un Leonardo, que ella empezó a llevar adentro, en otros pliegues que tenemos.

Cierto día la mamá le pidió que la acompañara a donar unos libros para la biblioteca del Hospital Infantil. Ema protestó porque le parecía una salida aburrida; pero accedió.

Cuando ya se iban, después de entregar los libros, a Ema le llamó la atención un grupo de tres médicos que venían con sus delantales blancos. Uno traía nariz de payaso.

—¡No puede ser!

Exclamó la mamá.

—¡Laura!

Dijo el de la nariz de payaso, mientras se la quitaba.

Los médicos también se detuvieron pero él les ofreció que siguieran, él los alcanzaría enseguida.

—¿¡Qué hacés, loco!? ¿Estás de médico, ahora?

—¡No, jamás! Nos hacen poner estos delantales a nosotros también.

—Rafa, siglos que no te veía.

—¿Qué es de tu vida?

—Mirá, ella es Ema, mi hija.

El médico, payaso o lo que fuera, soltó un *¡huau!*, se inclinó y la saludó con un beso.

—Qué hermosa, mucho gusto, *mademoiselle.*

Hizo una reverencia en broma. Ema le sonrió como si espantara una mosca. Él dijo que lo esperaban en el cuarto de un niño y contó de un grupo de payasos en hospitales que había conocido, que él no era de ellos, pero le gustó la idea. La invitó a un café, se dieron los teléfonos y salió poco menos que corriendo.

—*Au revoire, mademoiselle!*

Le dijo a Ema que preguntó:

—¿Quién era ése?

Laura sonrió.

—¿Ése?, es el que me enseñó a hacer las pajaritas.

—Doctor, este niño merece que le demos un diploma firmado por usted y por mi altísima excelencia.

Sacó una hoja de su bolso, y escribió: *Diploma que certifica que Lucio es el único que supo poner un solo ojo bizco. ¡Ni el doctor ni yo pudimos! Nuestro reino le pertenece.*

Firmaron los dos. Saludó y siguieron a otra sala. En ésta había una sola niña con su mamá. Estaba muy delgada, casi no tenía pelo, recostada sobre dos almohadas y su mamá le sostenía la mano. Cuando entraron la señora se incorporó, cedió su silla, como hace la gente humilde cuando entra alguien muy importante (hay quien se siente tan humilde que cualquiera es más importante, y la señora cedía su silla). Rafa no la aceptó. Ni tampoco hizo bromas. Se quitó la nariz, la guardó en un bolsillo, se sentó en el borde de la cama, con cuidado. Hizo señas para que Ema y Leonardo ocuparan otras sillas.

—Hola, Tere, ¿querés que me quede o estás cansada?

La niña apenas levantó los hombros.

—Mmm... ¿querés que te lea una historia?

Asintió con un dedo.

Rafa buscó en su bolso, sacó un libro. Se tomó su tiempo para hojearlo pacientemente, hasta que eligió.

—*Une histoire d'amour, mademoiselle?*

Tere asintió, Rafa comenzó a leer y nadie se

olvidó del hospital ni del típico color crema de las paredes, ni de la hora, ni de nada; pero pudieron respirar el aire del cuento. Cuando acabó de leer, en vez de irse enseguida, se quedó conversando con Tere y su mamá. Del tiempo, de cosas que habían oído en la radio. Después saludó con un beso en la mejilla y partieron los tres.

Aunque se imaginaba la respuesta, Ema preguntó por qué Tere estaba en un cuarto sola. Rafa le confirmó que padecía una enfermedad terminal.

Entraron en el cuarto de un niño pequeño, era sordo, y estaba con una pierna enyesada. Rafa le sacó la lengua, se acercó y, en una rutina que ya debían haber hecho otras veces, tomó la mano del niño, la apoyó en su garganta y empezó a hacer unos ruidos. El niño sabía hablar con las manos; pero Rafa no y le hablaba mirándolo a los ojos y vocalizando sólo un poco más lento.

Fueron a la cafetería del hospital. Pidieron un café, dos jugos. Se sentaron en una mesa libre. Leonardo preguntó dónde quedaba el baño, se fue.

—Así que vos sos la hija de Laura.

Comentó Rafa mientras revolvía el azúcar.

—¿Cómo era mi mamá cuando era tu novia?

Rafa, desconcertado, se sacó su nariz de payaso.

—¡...! ¿¡Cómo!?

niño y de la enfermera con una reverencia. Pidió otro papel, se acercó a la cama y se colocó de manera tal que, con una mano de ella y guiando una mano del niño, plegaron el papel entre los dos, hasta terminar otra pajarita. El niño se la ofreció a Rafa.

—Para que te acompañe en el viaje.

—¿Te vas?

Preguntó Ema, y él le dijo que hoy se terminaban sus vacaciones; mañana debía regresar a París. Le pidió la nariz, salió de la habitación y entró imitando a la enfermera. Todos reconocieron los gestos que Rafa exageraba, ella se reía y decía que sí con la cabeza.

Saludaron y caminaron hasta la entrada del hospital donde ya estaba el profesor de teatro con los otros payasos y los amigos de Ema. Rafa, como una broma, le preguntó en voz baja:

—¿Qué vas a ser cuando seas grande?

—Me gusta el teatro.

Contestó ella, simulando un secreto también.

—Está bien... es un lindo oficio, y lo harás maravillosamente.

El profesor los llamó, Rafa repitió su reverencia:

—Fue un gran placer, *mademoiselle.*

Ema respondió inclinándose como en las películas, tomó un vestido imaginario, apenas dobló sus rodillas, saludó con la cabeza.

Se despidieron con un beso.

Regresaron a la escuela con su grupo. Antes de doblar la esquina se dieron vuelta y Rafa levantó la pajarita que Ema había hecho con el niño y le hizo mover las alas, como si volara de Leonardo a Ema. Los dos sonrieron y Leonardo le guiñó un ojo, como diciendo "Sí, ya sé".

Era el mediodía, el cielo estaba azul, intenso. Los árboles dejaban caer sus hojas y algunas personas las barrían para hacer montones y quemarlas. Cada año ése era el profundo y fresco olor del otoño.

LA COMPOSICIÓN

SILVIA SCHUJER

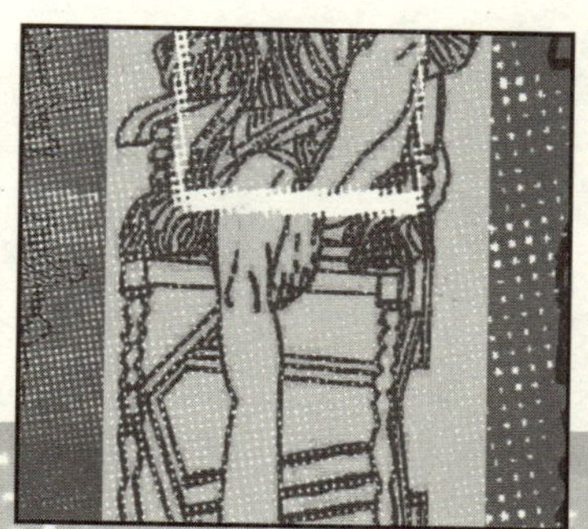

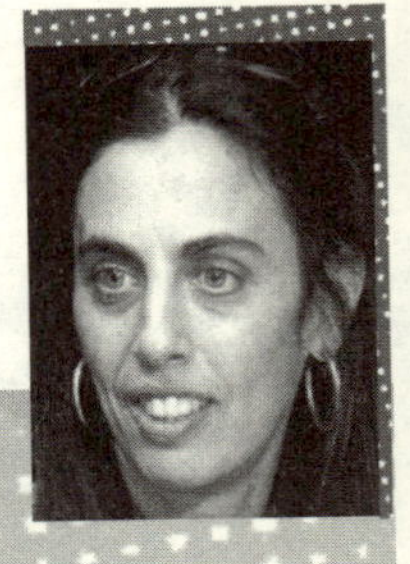

SILVIA SCHUJER

Nació en Buenos Aires en 1956. Ha desarrollado una amplia actividad en literatura infantil y juvenil. Entre sus obras, se encuentran *Oliverio Juntapreguntas* y, en Alfaguara, *El tren más largo del mundo, Mucho perro* y *Las visitas*, novela juvenil que recibió importantes premios nacionales e internacionales y ha sido traducida a otros idiomas.

Pronto va a hacer como un año que pasó. Fue en noviembre. No me acuerdo qué día. Sé que fue en noviembre porque faltaba poco para que terminaran las clases y ya estábamos planeando las vacaciones. Siempre nos vamos unos días a algún lugar con playa. No muchos porque sale muy caro, dice mi mamá. Bueno, decía. Mi hermanita y yo estábamos durmiendo. No me importó demasiado que esa noche, la anterior, papá y mamá estuvieran preocupados, porque ellos casi siempre andaban preocupados, pero igual eran muy buenos con nosotras y nos hablaban todo el tiempo. Más a mí, porque mi hermana es un poco chica todavía. Recién ahora está en primer grado con la señorita Angélica. A veces yo no entendía del todo lo que me querían decir, pero mi papá me explicaba que algún día iba a poder. Igual, ahora también sigo sin entender mucho que digamos. Mi hermanita no sabe nada. La abuela me quiso mentir a mí también, pero yo no soy tonta, así que... Prométame que no le va a contar a nadie

¿eh? Y menos a mi abuela porque ella tiene mucho miedo y no quiere que lo hablemos. Pero yo a usted se lo tengo que decir porque después me va a preguntar y si yo lloro ¿qué les digo a las chicas?

Estábamos durmiendo y de repente yo abrí los ojos. La puerta de la pieza estaba cerrada. Era raro que no me hubiera venido a despertar mi mamá si ya entraba luz por las persianas. Yo siempre me doy cuenta de la hora por la luz que se mete entre los huecos de las persianas. Y esa mañana la pieza ya estaba bastante clara y no se escuchaba ningún ruido. A mí no me gustaba faltar al colegio porque entonces me tenía que pasar todo el día sola aburriéndome en casa. Por eso no me hice la dormida. Llamé a mi mamá. Pensé que era ella la que se había quedado dormida. Me imaginé que se iba a poner contentísima de que ya me pudiera despertar sola. Pensé que me iba a decir que yo ya era una señorita y que eso la tranquilizaba. La llamé y, como no vino y tampoco hubo ningún ruido, me levanté. Primero me senté en la cama y traté de despertar a mi hermanita para que no llegáramos tarde. Blanquita, al jardín. Y como ella tampoco me escuchaba, me empezó a agarrar miedo y casi me puse a llorar. Miedo, qué se yo. La sacudí un poco y cuando abrió los ojos, le di un beso como hacía mi mamá y le alcancé la ropa. Tuve miedo porque un día escuché que mamá le decía a papá que si a ella le pasaba algo... que siempre nos hiciera acordar a nosotras... de un mundo mejor, qué sé yo, esas cosas. Tuve miedo igual, porque para mí el mundo no era feo, el mío por lo menos. Ahora todo es horrible. Mi hermanita y yo nos vestimos. Yo la ayudé un poco, pobre. No me animaba a salir sola de la pieza. No sé por qué. Así le dábamos juntas la sorpresa a mamá. Blanquita no hablaba porque estaba medio dormida. Cuando preguntó por mamá le dije que íbamos a ir juntas a despertarla. Que seguro se había quedado dormida. Nuestra pieza da al comedor. Y en frente, del otro lado del comedor, está la pieza de mis padres. Salimos en puntas de pie. Mi hermanita venía atrás mío.

¡Yo me quedé!...

Blanquita también se dio cuenta de que algo había pasado porque en el comedor había un desbarajuste bárbaro. Los libros estaban en el suelo y algunos rotos. Las sillas, cambiadas de lugar. Y bueno, para qué le voy a seguir contando. Usted no vaya a decir nada, seño, pero yo tuve miedo. Llegamos a la pieza de ellos: la cama estaba vacía y deshecha, pero no como cuando se iban apurados. Deshecha del todo, hasta un poco corrida de lugar. Ahora no sé si había llegado ese día: que si pasaba algo y las nenas. Hablaban tanto... Papá siempre me abrazaba y me decía que yo iba a ser libre y Blanquita también. Como un pájaro. Que iba a ser amiga de muchos chicos y en el colegio para el día del niño todos iban a tener un juguete y que eso era la libertad por la que ellos peleaban. ¿Dónde?, me pregunto. Porque entre ellos no peleaban nunca. No, casi nunca. Y menos por la libertad, que también es eso de los juguetes ¿no? No estaba ninguno de los dos en toda la casa. Blanquita lloraba más fuerte que yo. Entonces la abracé y le di un beso. Nos sentamos en el piso del comedor en el medio de todos los libros. Yo empecé a ponerlos en orden, los que estaban rotos los dejé para arreglarlos. Pensé que a lo mejor mamá había salido a comprar la leche y le dábamos la sorpresa. Lo que más nerviosa me ponía era cómo lloraba Blanquita, dale y dale. Capaz que tenía hambre, así que fui a la cocina que también era un bochinche. Iba a sacar unos panes de la bolsa y justo sonó el teléfono. ¡Ah! Me había olvidado de decirle que cuando entramos al comedor para ir a la pieza de mis padres, el teléfono estaba descolgado y yo lo puse bien. Entonces atendió Blanquita y yo enseguida le saqué el tubo de la mano. Era mi abuela con la que estamos ahora. Y cuando le conté lo que pasaba, en vez de decir que ay esta madre que tienen, dio un grito y dijo no se muevan, esperen ahí.

Me asusté mucho y yo también grité. Con Blanquita nos quedamos en un rincón. La llamábamos a mi mamá porque mi papá siempre salía temprano así que sabíamos que no podía estar. Después me sentí un poco mal, porque el más grande tiene que ayudar al más chico, y en ese momento yo no la estaba ayudando nada a Blanquita. Ni siquiera la soltaba porque me sentía mejor agarrada a ella. Prométame señorita que usted no va a contar nada de lo que le digo. Mi abuela dice que es peligroso y no quiere. Usted cree que vivo con ella porque no tengo mamá, porque se fue de viaje o algo así –como dice mi abuela cuando alguien se muere–. Pero es mentira, seño. Le juro que es mentira. Yo tengo mamá. No sé dónde está, pero tengo. Ella decía otro mundo y eso a lo mejor es un poco lejos. La verdad que ahora sería bueno que invente un mundo mejor ¿no? porque es una porquería todo esto. Las chicas se piensan que yo estoy muy contenta con mis abuelos porque nos compran todo lo que queremos, pero es mentira. Usted no les diga nada, no, porque de verdad son muy buenos y nos compran lo que queremos. Yo a usted se lo tuve que contar porque recién dijo que había que hacer una composición para el día de la madre y las chicas me dijeron que bueno Inés, vos le podés hacer una a tu abuela, y usted también me iba a decir eso cuando yo me vine acá y le hice perder el recreo largo en su escritorio ¿no?

Buenos Aires, 1977

A las madres que buscan a sus hijos.
A los hijos de esos hijos. A las abuelas que quieren encontrarlos.

FIESTITA CON
ANIMACIÓN
ANA MARÍA SHUA

ANA MARÍA SHUA

Nació en Buenos Aires. Es profesora en Letras egresada de la Universidad de Buenos Aires. Guionista, escritora de novelas y cuentos para adultos; ha recibido, entre otras distinciones, la beca Guggenheim en 1993.
Entre sus obras para chicos y jóvenes, citamos: *La fábrica del terror, Las cosas que odio y otras exageraciones, La sueñera, Botánica del caos, El valiente y la bella, Cuentos con fantasmas y demonios de la tradición judía, Vidas perpendiculares* y *Los monstruos del Riachuelo*, este último en colaboración con Gustavo Nielsen. Proximamente se lanzará su nuevo libro para adultos *Como una buena madre.*

Las luces estaban apagadas y los altoparlantes funcionaban a todo volumen.

—¡Todos a saltar en un pie! —gritaba atronadoramente una de las animadoras, disfrazada de ratón. Y los chicos, como autómatas enloquecidos, saltaban ferozmente en un pie.

—Ahora, ¡todos en pareja para el concurso de baile! Cada vez que pare la música, uno abre las piernas y el otro tiene que pasar por abajo del puente. ¡Hay premios para los ganadores!

Excitados por la potencia del sonido y por las luces estroboscópicas, los chicos obedecían, sin embargo, las consignas de las animadoras, moviéndose al ritmo pesado y monótono de la música en un frenesí colectivo.

—Cómo se divierten, qué piolas que son. ¿Te acordás qué bobitos éramos nosotros a los siete años? —le preguntó, sonriente, el padre de la cumpleañera a la mamá de uno de los invitados, gritándole al oído para hacerse escuchar.

—Y qué querés... Nosotros no teníamos televisión: tienen otro nivel de información —le contestó la señora, sin muchas esperanzas de que su comentario fuera oído.

No habían visto que Silvita, la homenajeada, se las había arreglado para atravesar la loca confusión y estaba hablando con otra de las animadoras, disfrazada de conejo. Se encendieron las luces.

—Silvita quiere mostrarnos a todos un truco de magia —dijo Conejito—. ¡Va a hacer desaparecer a una persona!

—¿A quién querés hacer desaparecer? —preguntó Ratón.

—A mi hermanita —dijo Silvia, decidida, hablando por el micrófono.

Carolina, una chiquita de cinco años, preciosa con su vestidito rosa, pasó al frente sin timidez. Era evidente que habían practicado el truco antes de la fiesta, porque dejó que su hermana la metiera debajo de la mesa y estirara el borde del mantel hasta hacerlo llegar al suelo, volcando un vaso de Coca y amenazando con hacer caer todo lo demás. Conejito pidió un trapo y la mucama vino corriendo a limpiar el estropicio.

—¡Abracadabra la puerta se abra y ya está! —dijo Silvita.

Y cuando levantaron el mantel, Carolina ya no estaba debajo de la mesa. A los chicos el truco no los impresionó: estaban cansados y querían que se apagaran las velitas para comerse los adornos de azúcar de la torta. Pero los grandes quedaron sinceramente asombrados. Los padres de Silvia la miraban con orgullo.

—Ahora hacela aparecer otra vez —dijo Ratón.

—No sé cómo se hace —dijo Silvita—. El truco lo aprendí en la tele, y en la parte de aparecer papi me cambió de canal porque quería ver el partido.

Todos se rieron y Ratón se metió debajo de la mesa para sacar a Carolina. Pero Carolina no estaba. La buscaron en la cocina y en el baño de arriba, debajo de los sillones, detrás de la biblioteca. La buscaron metódicamente, revisando todo el piso de arriba, palmo a palmo, sin encontrarla.

—¿Dónde está Carolina, Silvita? —preguntó la madre, un poco preocupada.

—¡Desapareció! —dijo Silvia—. Y ahora quiero apagar las velitas. El muñequito de chocolate me lo como yo.

El departamento era un dúplex. El papá de las nenas había estado parado cerca de la escalera durante todo el truco y nadie podría haber bajado por allí sin que él lo viera. Sin embargo, siguieron la búsqueda en el piso de abajo. Pero Carolina no estaba.

A las diez de la noche, cuando hacía ya mucho tiempo que se había ido el último invitado y todos los rincones de la casa habían sido revisados varias veces, dieron parte a la policía y empezaron a llamar a las comisarías y a los hospitales.

—Qué tonta fui esa noche —les decía, muchos años después, la señora Silvia a un grupo de amigas que habían venido para acompañarla en el velorio de su marido—. ¡Con lo bien que me vendría tener una hermana en este trance! —y se echó a llorar otra vez.

EL REGRESO
FERNANDO SORRENTINO

FERNANDO SORRENTINO

Nació en Buenos Aires en 1942. Es profesor en Letras. En su narrativa se une el gusto por lo fantástico con un sorprendente sentido del humor. Ha publicado cuentos y relatos para adultos, muchos de los cuales han sido traducidos a otros idiomas. Entre sus narraciones para chicos y jóvenes pueden citarse: *Cuentos del Mentiroso, El Mentiroso entre guapos y compadritos, El Mentiroso contra las Avispas Imperiales, La recompensa del príncipe* y *El que se enoja, pierde.* En Santillana: *Historias de María Sapa y Fortunato, El Viejo que Todo lo Sabe* y *Cuentos de don Jorge Sahlame* y, en Alfaguara: *La venganza del muerto* y *Aventuras del capitán Bancalari.*

En 1965 yo tenía veintitrés años y cursaba el profesorado en Letras. Corría la naciente primavera de septiembre; cierta mañana, muy temprano –acababa de amanecer–, me hallaba estudiando en mi cuarto. Vivíamos en un quinto piso, en el único edificio de departamentos que había en esa cuadra de la calle Costa Rica.

Sentía algo de pereza: cada tanto, dejaba vagar mi vista a través de la ventana. Desde allí veía la calle y, en la vereda de enfrente, el trabajado jardín del viejo don Cesáreo, cuya casa ocupaba el lote esquinero, el de la ochava, que, por lo tanto, constituía un pentágono irregular.

Junto a la de don Cesáreo estaba la antigua y enorme casa de los Bernasconi, bella gente que hacía cosas lindas y buenas. Tenían tres hijas, y yo estaba enamorado de la mayor, Adriana. Por eso, echaba cada tanto alguna mirada hacia la acera de enfrente, más por hábito del corazón que porque esperase verla, a tan temprana hora.

Como de costumbre, el viejo don Cesáreo se hallaba cuidando y regando su adorado jardín, al que separaban de la vereda una verja baja y tres escalones de piedra.

La calle estaba desierta, de manera que forzosamente me llamó la atención un hombre que surgió en la cuadra anterior y que avanzaba en dirección a la nuestra por la misma acera donde tenían sus casas don Cesáreo y los Bernasconi. ¿Cómo no iba a llamarme la atención ese hombre, si era un mendigo o vagabundo, un abanico de andrajos oscuros?

Barbado y flaco, un deforme sombrero de paja amarillenta le cubría la cabeza. Pese al calor, se envolvía con un rotoso sobretodo grisáceo. Llevaba además una bolsa enorme y sucia, donde guardaría las limosnas o los restos de comidas que obtuviese.

Continué observando.

El vagabundo se detuvo frente a la casa de don Cesáreo y, a través de las rejas, le pidió algo. El viejo era hombre de mal carácter: sin contestar nada, hizo con la mano un ademán como de echarlo. Pero el mendigo pareció insistir, en voz muy baja, y entonces sí oí claramente que el viejo gritó:

—¡Váyase de una vez, che, y no me moleste!

Sin embargo, volvió a porfiar el vagabundo y ahora hasta subió los tres peldaños de piedra y forcejeó un poco con la puerta de hierro.

Entonces don Cesáreo, perdiendo del todo su poca paciencia, lo apartó de un empellón. El mendigo resbaló en la piedra mojada, intentó sin éxito asirse de una reja y cayó violentamente al piso. En el mismo relámpago instantáneo, vi sus piernas extendidas hacia arriba y oí el nítido ruido del cráneo al golpear en el primer escalón.

El viejo don Cesáreo salió a la calle, se inclinó sobre él y le palpó el pecho. En seguida lo tomó de los pies y lo arrastró hasta el cordón de la vereda. Luego entró en su casa y cerró la puerta, en la seguridad de que no había testigos de su involuntario crimen.

El único testigo era yo.

Al rato largo pasó un hombre y se detuvo junto al mendigo muerto. Después se juntaron otras personas, y llegó la policía. Metieron al pordiosero en una ambulancia y se lo llevaron.

Eso fue todo, y nunca más se habló del asunto.

Yo, por mi parte, me guardé muy bien de abrir la boca. Probablemente procedí mal, pero ¿por qué iba yo a acusar a aquel viejo que nunca me había hecho ningún daño? Por otro lado, ya que no había sido su intención dar muerte al pordiosero, no me pareció justo que un proceso judicial le amargara los últimos años de su vida. Pensé que lo mejor sería dejarlo a solas con su conciencia.

Poco a poco fui olvidando el episodio; sin embargo, cada vez que veía a don Cesáreo, experimentaba una extraña sensación. Pensaba: "El viejo ignora que yo soy, en todo el mundo, el único conocedor de su secreto". Desde entonces, no sé por qué, eludía su presencia y jamás me atreví a volver a hablarle.

En 1969 yo tenía veintisiete años y el título de profesor de Castellano y Literatura. Adriana Bernasconi no se había casado conmigo sino con cierto individuo que quién sabe si la quería y la merecía tanto como yo.

Por esos días, Adriana, cada vez más hermosa, se hallaba embarazada y muy próxima al parto. Seguía viviendo en la misma enorme casa antigua de siempre, ya que su marido –quise creer– fue incapaz de comprar vivienda propia. Esa agobiante mañana de diciembre, antes de las ocho, yo me encontraba dando clases particulares de gramática a unos muchachitos del secundario que debían rendir examen; como solía hacerlo, echaba cada tanto alguna melancólica mirada hacia enfrente.

De pronto, mi corazón dio –literalmente– un vuelco, y creí ser víctima de una alucinación.

Por el mismo exacto camino de antes, se acercaba el mendigo a quien don Cesáreo había matado cuatro años atrás: las mismas ropas harapientas, el sobretodo grisáceo, el deforme sombrero de paja, la bolsa infame.

Olvidando a mis alumnos, me precipité a la ventana. El pordiosero iba disminuyendo su paso, como si ya se encontrase cerca de su destino.

"Ha resucitado", pensé, "y viene a vengarse de don Cesáreo".

Sin embargo, el mendigo pisó la vereda del viejo, pasó frente a la verja y continuó su camino. Luego se detuvo ante la puerta de Adriana Bernasconi, oprimió el picaporte y entró.

—En seguida vuelvo —les dije a los alumnos.

Enloquecido de ansiedad, no quise esperar el ascensor, bajé por la escalera, salí a la calle, crucé corriendo y, como una tromba, entré en la casa de Adriana (en aquella época y en aquel barrio no se estilaba echar llave durante el día).

—¡Hola! —me dijo su madre, que estaba tras la puerta del zaguán, como a punto de salir—. Qué milagro, vos por acá.

Nunca me había mirado con malos ojos. Me abrazó y me besó, y yo no entendía bien qué pasaba. Luego comprendí que Adriana acababa de ser madre, y que todos estaban muy contentos y emocionados. No pude menos que estrechar la mano de mi victorioso rival, que sonreía con su cara de estúpido.

No sabía cómo preguntarlo y consideraba si sería mejor callar o no. Después llegué a una solución intermedia. Con fingida indiferencia, dije:

—En realidad, me permití entrar sin tocar el timbre porque me pareció ver meterse a un pordiosero, con una bolsa sucia, grande, y tuve miedo de que entrara a robar.

Me miraron con sorpresa: ¿pordiosero?, ¿bolsa?, ¿robar? Bueno, ellos habían permanecido todo el tiempo en la sala y no sabían a qué me refería.

—Seguramente me habré equivocado —dije.

Luego me invitaron a pasar a la habitación donde estaban Adriana y su bebé. En casos así, nunca sé qué decir. La felicité, la besé, miré al bebito y pregunté qué nombre iban a ponerle. Me dijeron que Gustavo, como el padre; a mí me hubiera gustado más el nombre Fernando, pero no dije nada.

Ya en casa, pensé: "Ése era el pordiosero a quien mató el viejo don Cesáreo, no tengo duda. Pero no ha regresado a tomar venganza, sino a reencarnarse en el hijo de Adriana".

Pero, dos o tres días después, me pareció que la hipótesis era ridícula, y fui olvidándola.

❖

Y la habría olvidado del todo, si no fuera que, en 1979, cierto episodio la trajo de nuevo a mi memoria.

Con más años encima y sintiéndome cada día capaz de menos cosas, tenía que redactar, para cierto suplemento literario, la reseña de una novela muy aburridora. Por eso, aquella mañana mi atención se posaba sólo por momentos en el libro que estaba leyendo junto a la ventana; luego, distraído y perezoso, dejaba vagar la mirada por aquí y por allá.

Gustavo, el hijo de Adriana, jugaba en la azotea de su casa. Por cierto, era aquél un juego bastante elemental para su edad; pensé que el chico había heredado la escasa inteligencia de su padre y que, si hubiera sido hijo mío, sin duda habría hallado una manera menos burda de divertirse.

Sobre la pared medianera había colocado una hilera de latas vacías e intentaba ahora derribarlas mediante piedras que arrojaba desde tres o cuatro metros. Como no podía ser de otro modo, casi todos los cascotes caían en el jardín de don Cesáreo. Pensé que el viejo, a la sazón ausente, iba a sufrir una rabieta cuando encontrase destrozadas muchas de sus flores.

Y, justamente en ese momento, don Cesáreo salió de la casa al jardín. Era, en verdad, muy viejo y caminaba con extrema vacilación, apoyando con cautela uno y otro pie. Se dirigió con temerosa lentitud hasta la puerta del jardín y se dispuso a bajar los tres peldaños que daban a la vereda.

Al mismo tiempo, Gustavo –que no veía al viejo– le acertó por fin a una de las latas, que, al rebotar en dos o tres saledizos de las paredes, cayó con gran estrépito en el jardín de don Cesáreo. Éste, que estaba en mitad de la breve escalera, se sobresaltó al oír el ruido, hizo un movimiento brusco, resbaló con violencia y, las piernas hacia arriba, dio sonoramente con el cráneo contra el primer escalón.

Todo esto lo veía yo, y ni el niño había visto al viejo, ni el viejo al niño. Por alguna razón, Gustavo abandonó entonces la azotea. En pocos segundos, ya mucha gente había rodeado el cadáver de don Cesáreo, y era obvio que una caída accidental había sido la causa de su muerte.

Al otro día, con la decisión de concluir la lectura de la novela que debía reseñar, me levanté muy temprano y de inmediato me instalé con el libro junto a la ventana. En la casa pentagonal se cumplía el velorio de don Cesáreo: en la vereda había algunas personas que fumaban y conversaban.

Esas personas se apartaron con asco y aprensión cuando, poco después, de la casa de Adriana Bernasconi salió el pordiosero, con sus andrajos, su sobretodo, su sombrero de paja y su bolsa de siempre. Atravesó el grupo de hombres y mujeres, y fue perdiéndose lentamente a lo lejos, hacia el mismo rumbo desde el cual había venido dos veces.

Al mediodía supe, con pena pero sin sorpresa, que Gustavo no había amanecido en su cama. Sus padres iniciaron una desolada búsqueda, que, con obstinada esperanza, continúa hasta hoy. Yo nunca tuve fuerzas para decirles que desistieran de ella.

Publicado por primera vez en el diario La Prensa,
Buenos Aires, 16 de octubre de 1983.
La presente versión de este cuento es considerada definitiva por el autor.

AHORA QUE NADA PARECE HABER CAMBIADO

PERLA SUEZ

PERLA SUEZ

Nació en la provincia de Córdoba. Es licenciada y profesora de Letras modernas y escritora. Fue becaria de los gobiernos de Francia y Canadá. Entre sus libros infantiles podemos mencionar: *Memorias de Vladimir, El viaje de un cuis muy gris, Dimitri en la tormenta, El árbol de los flecos, Antología de poetas de América* y, en Alfaguara, *¡Blum!* En 1997 recibió la mención especial del Premio Mundial de Literatura Infantil José Martí por el conjunto de su obra. En enero de 2000 fue finalista del Premio Apel Les Mestres de la editorial Destino de Barcelona por su cuento *"Tan lejos, tan cerca"*, y en el mismo año publicó su primera novela para adultos *Letargo*, finalista del Premio Internacional de novela Rómulo Gallegos. Tiene en prensa su segunda novela para adultos *El arresto.*

Arévalo dijo que no valía la pena que yo entrara a verlo, que convenía dejarlo solo, y que si callaba, era porque estaba enajenado; que cuando habló de la muerte de su padrino fue como si otro lo hubiera llevado a cabo, y que no estaba borracho al llegar. El comisario se ponía duro al hablar de Dionisos, parecía no darse cuenta de que hablaba de otro hombre, o quizá lo hacía por costumbre, o porque era más fácil indignarse que comprender. Pensé que el hecho de que hubiera confesado no quería decir nada. El comisario dijo también que así, loco como estaba, por momentos entraba en razones.

Al fin cedió a mi pedido y conmigo Dionisos habló. Dijo que él no había hecho nada malo y que le sacaran los tientos de una vez, que quería irse a su casa. Sentado sobre el camastro miraba hacia un punto fijo, con la camisa abierta y en el pecho marcas de rebencazos. A pesar de que me esforcé por entenderlo, no reconocí en él más que a un muchacho en el que ya no se percibían rastros de emoción. Ya me habían dicho cómo lo recogió Cipriano en el pajonal. Le dije que quería ayudarlo y entonces sentí que se esforzaba para que mi opinión sobre él fuera favorable. Hubo en ese momento cierta complicidad, o como se llame eso que se da a veces entre dos personas que recién se conocen.

La segunda vez que lo visité, ya estaba en la cárcel de Paraná. Me contó que cuando lo vio muerto, el muerto, la persona que le había dado todo, la más importante de su vida, no supo qué hacer, y deambuló por el campo, hasta que se encontró en la comisaría. Todo el tiempo que estuve con él, no salió de la confusión en la que estaba sumergido; repetía obsesivamente que habían engañado a su padrino, y cuando dijo engañado, el peso de esa palabra recayó sobre mí, y sospeché lo peor, y supe que escondía algo que le era insoportable. No hubo agua que saciara su sed; hablaba de su padrino sin poder detenerse. Me pareció que no tenía conciencia de lo que le estaba pasando, porque lo llamaba como un niño que despierta en la oscuridad buscando a su madre, hasta que me tomó fuertemente de la mano y dijo –la tensión extrema de su cuello– que él no lo había matado, que sólo había querido evitarle el sufrimiento.

Sus dedos hicieron presión sobre los míos. Dijo que le dolía el pecho pero más la nuca, mientras insistía en que hiciera algo para que lo dejaran ir.

Si digo que ese día pude entenderlo, miento. La inutilidad de la muerte de Cipriano me sobrepasó, aunque me costara creer que comprendía lo que era sentirse abandonado.

No sabía si me haría cargo del caso. Necesitaba estar solo y reflexionar.

Cuanto más intentaba penetrar en su misterio, ese misterio que lo impulsó a querer perpetuar la felicidad de un hombre, menos entendía la brutalidad que nos aprisionaba a todos, y más me costaba pensar qué estaba haciendo yo ahí. Me pregunto todavía, ahora que reviso las notas de esa época, si en la confusión no se le mezclaba el dolor de haber sido abandonado con el deseo por la mujer del padrino.

Ese tiempo que Dionisos había pasado entre barrotes no fue el mismo tiempo que nos aprisionó afuera a los que creímos haberlo asistido. Me pregunto qué pudo haberle ocurrido para que, amando como amaba a su padrino, no hubiera dudado en ir hasta donde dormía y clavarle el cuchillo.

Cuando hablaba de la mujer del padrino, su discurso se volvía débil, y yo no podía entender por qué la disculpó. Algo me llevó a pensar que Dionisos la deseaba. Dijo que aquella tarde, al volver del boliche de Vera, la encontró revolcándose con un tal Irineo y que por eso vio todo negro y se fue a buscar a Cipriano. Ya me iba y volvió a preguntarme si lo dejarían irse.

Esa noche soñé que era yo el que clavaba el cuchillo y gritaba que no había hecho nada malo, que me soltaran. Al abrir los ojos, inmovilizado por la ferocidad del sueño, di vueltas en la cama y seguí dando vueltas alrededor de lo mismo. Lo único que tenía claro era que nuestras certidumbres no sirven para nada. Y en ese momento supe que el abismo bien podía aparecerse ante mí alguna vez. Y un sudor frío me recorrió la médula.

No dudo de que la ley caerá sobre él. No dudo de que quedó ligado para siempre con esa muerte y que no tiene más remedio que pagarla, pero igual me abruma.

¿Podrá ver la justicia? La justicia... La que acostumbra a dar con una mano lo que quita con la otra.

No tendría que inquietarme, pero igual me inquieta.

En este edificio de paredes gruesas, en este lugar duro y frío, desde entonces, nada ha cambiado. No he cesado en mi intento para que se le conceda un estado de gracia; aunque no dudo de que lo que pasó, pasó, y es ineludible.

❖

Dionisos se ha arrastrado desde el patio hasta su celda y no me ha visto. Deambula con un tazón de agua y convida a todo el que se le cruza y si no está tumbado en su camastro. Oye cuando le hablan pero parece que no escuchara. Lo dejan deambular por ser un tonto inofensivo, aunque hay momentos en que se llena de furia y, excitado, se calza la gorra y sale como para no volver. Después, regresa, se acuesta boca arriba y se entrega vaya a saber a qué tribulaciones.

Dicen que tiene muy grande el corazón y que le prohibieron hacer fuerza.

Dicen que se estaba durmiendo, cuando le dijeron que podía irse y que al salir dijo al guardia que iba para su casa, pero al ver la luna llena en lo alto y el campo al fondo tan vasto, dijo que todo eso ya no era para él, y ahí se quedó.

NO DEJES QUE UNA BOMBA DAÑE EL CLAVEL DE LA BANDEJA

ESTEBAN VALENTINO

ESTEBAN VALENTINO

Nació en Castelar, provincia de Buenos Aires. Obtuvo varios premios, como el Premio Nacional de Poesía Joven en 1983, el Premio Alfonsina Storni en 1988, el Amnnesty International y Los Recomendados por ALIJA en dos oportunidades. Ha publicado, entre otros libros: *El hombre que creía en la luna,* y en Alfaguara: *A veces la Sombra* (elegido por ALIJA como uno de los tres mejores libros de 1998) y *Todos los soles mienten* (considerado por la Fundación El Libro como uno de los mejores cinco libros editados en el bienio 1999-2000).

Cuando Emilio Careaga vio por primera vez a Mercedes Padierna pensó que algo no andaba bien, que un ser tan maravillosamente bello no debía andar por allí con toda esa forma de mujer arriba suyo con el solo propósito de hacerlo sufrir, de hacerle sentir que él era tan irremediablemente lejano a ella, que ella era tan absolutamente imposible para él.

"Porque", pensó, "si algo sé con certeza en este mundo es que esa chica no es para mí. Bah, esas chicas jamás son para uno. Las cosas nunca son perfectas, siempre hay un detalle que funciona mal. Las chicas lindas son lindas pero al final de la fiesta se las toman con otro".

Emilio Careaga tenía quince años recién cumplidos, Mercedes Padierna catorce ya algo transitados y formaban parte del grupo de invitados a la fiesta de una prima de Emilio que él casi nunca veía. Mercedes se había pasado toda la noche en un rincón apartado del salón y parecía con más ganas de irse que de seguir dejándose admirar. Los compañeros de Emilio, que habían logrado acceder al baile gracias a cuidadas falsificaciones de la única invitación original, lo rodearon con sus vasos en la mano, miraron a Mercedes y empezaron a darle lecciones de cómo actuar en estos casos.

—Vos mirá y aprendé, Negro —le dijo el Colo.

—¡Tenés que aprender rápido, Careaga, porque si no la segunda lección va a ser en la morgue! —gritó el sargento Vélez en medio del ruido infernal que los rodeaba.

Afuera de la trinchera, la llanura de Goose Green era el mejor simulacro de la peor pesadilla de cualquier ser humano. Las balas de mortero caían por todos lados y, por más novato que fuera, Emilio Careaga sabía que para su trayectoria parabólica no había trinchera que sirviera. Si el disparo caía adentro era el fin y le bastaba mirar hacia cualquiera de sus costados, a sus compañeros muertos o con piernas o brazos de menos, para convencerse. Hacía apenas cuarenta y cinco días que había llegado a Malvinas en ese mayo del '82 pero al menos esa lección –no sabía qué número sería en la lista de Vélez– la conocía de memoria. Tampoco pudo preguntárselo porque quince minutos después el sargento quiso hacer una salida y se quedó en la boca de la trinchera con la cara hacia arriba, a menos de tres metros de Emilio Careaga que ahora estaba solo, lleno de amigos heridos o muertos que lo miraban, y con los morteros que seguían jugando a las escondidas con sus ganas de seguir vivo.

—A ver, Emilito —decía la bomba—, ¿te encuentro, no te encuentro? Booooommmmm. Pucha, no te encontré. Bueno. Otra vez será. Ya vendrá el piedra libre, Emilio, en ese agujero lleno de agua sucia y entonces no te va a poder librar nadie para todos los compañeros. Ya vendrá, Emilito, ya vendrá, yo puedo tomarme mi tiempo. Busco lento, pero tengo muchos ojos. A ver ahora, a ver, a ver... Boooooooommmmmm... Piedra li... No... pero, sangre... Otra vez sangre... No eras vos... Me equivoqué de nuevo... Bueno ¿seguimos jugando? Dale. Ahora me toca a mí. Sí, ya sé que soy un poco tramposa. Siempre me toca a mí.

—Ahora me toca a mí —dijo Jorge. El Colo se había acercado hasta Mercedes, la había invitado a bailar y se había ganado el no más contundente que recordara en su larga historia de conquistador. Jorge era el número dos en la lista de los irresistibles del curso. "Él sí va a ganar", pensó Emilio. "Él seguro que sí. Si el Colo falló debe haber sido por una distracción momentánea pero ahora Jorge va preparado y a él no se le va a escapar esa frutillita con crema". Desde chico tenía esa costumbre de comparar a todo con la comida y ahora que había crecido, su hábito se había vuelto casi manía. "Bah, no es tan terrible, después de todo", se dijo mientras miraba a Jorge que empezaba su ataque final sobre la posición de Mercedes. "Cuestión de tiempo ahora", volvió a pensar Emilio. Los minutos que pasaron, ya demasiados para otra seca negativa, parecieron darle la razón. Pero no. Mercedes había sido más amable, había consentido que Jorge hablara todo lo que quisiera pero el resultado había sido el mismo:

—Bailar, ni loca. Y además ¿sabés qué?, lo que quiero en realidad es estar sola. ¿Me disculpás?

—Esa piba es más difícil que un teorema —dijo Jorge con la mirada inundada de derrota.

Alejandro copó la parada. Miró a sus compañeros de toda la vida con cierto aire de superioridad y se dirigió hacia Mercedes con la idea de demostrar que la estrategia de Jorge y el Colo había sido equivocada y que en cambio la suya sería la correcta. Se paró delante de ella y le dijo en voz baja:

—Ya sé que lo que más querés ahora es estar sola. Está bien. Permitime solamente estar aquí a tu lado sin decir nada. Yo tampoco quiero estar con nadie pero me parece que estar con vos va a ser una forma de sentirme menos solo.

❖

"¿Qué hago ahora que estoy solo con estos chicos vivos que me miran pero sobre todo con estos chicos muertos que me miran?", se dijo Emilio Careaga desde sus dieciocho años y meses llenos de terror y ganas de dormir. Empezaba la noche, los morteros ingleses se habían callado y sólo algunas ráfagas de ametralladora cruzaban la llanura de vez en cuando para que lo que quedaba de los chicos argentinos recordara que la pesadilla seguía allí. Uno de sus compañeros de infierno, con una esquirla de granada clavada en su rodilla derecha, se arrastró entre la oscuridad hasta ponerse a su lado.

—Che, Negro, ahora que Vélez no está más me parece que vos estás al mando.

A Emilio Careaga le pareció casi gracioso que justo él tuviera que escuchar una frase así, tan cerca del ridículo. Lo único que quería era dormir y una voz con una esquirla en la rodilla le decía que a partir de ese momento tenía que empezar a decidir.

—¿Al mando de qué, Flaco? ¿Vos me estás cargando? Si yo soy el único entero y vos que apenas podes arrastrarte sos el que me sigue.

—Bueno, si hay que rendirse alguien tiene que hacerlo.

"¿Así que esto es la guerra?", pensó Emilio Careaga. "Una forma de estar solo. Una manera de dejar de tener dieciocho años y meses y pasar a tener yo qué sé cuántos. Y encima esta voz llena de esquirlas me dice que tengo que encontrar una forma de sacarlos de aquí. Y digo yo. ¿Cómo se rinde uno?".

—Me rindo, Loco —dijo Alejandro—. Esa mina es un témpano. Le largué el mejor verso que se me ocurrió y no le saqué ni una sonrisa.

El único que faltaba era Emilio pero él ya había resuelto que Alejandro iba a ser el último en fracasar ante las murallas de Mercedes Padierna. Su razonamiento era simple. Si estos que eran su ejemplo de éxito ante las mujeres habían fallado, él no tenía ninguna posibilidad de triunfo. Pasaría el resto de la noche soñándola de lejos y dejaría que el futuro le agregara una nostalgia más a su lista de amores que no fueron.

Un par de horas más tarde, Emilio seguía con las ganas clavadas en Mercedes, cuando ese milagro de catorce años empezó a caminar hacia el lugar donde él estaba parado. Fue muy cuidadoso en eso de decir que Mercedes caminaba hacia el lugar que ocupaba y no hacia él porque lo segundo le parecía territorio de su fantasía y no de lo que estaba pasando. Pero fuera como fuera, Mercedes Padierna ya estaba a tiro de caricia. Y entonces alguien le susurró a Emilio lo que debía hacer y lo que debía decir. Alguna fuerza ajena a su intención inicial de permanecer paralizado le movió su brazo y se lo llevó hasta una bandeja de copas de jerez con claveles que un mozo transportaba por el salón. Emilio manoteó una de las flores y poniéndosela delante de los ojos claros de Mercedes Padierna le pudo decir con un rocío de sonidos que le salió de la garganta:

—Tomá. Es para vos.

Mercedes Padierna se quedó dura delante del clavel. Lo tomó entre sus manos y se permitió la primera sonrisa de la fiesta. Miró a Emilio a través de la flor y le respondió con una mezcla de suavidad y firmeza:

—Gracias.

Y agregó:

—¿Querés bailar?

Emilio Careaga recordaba esa noche de oscuridad y silencio a su novia Mercedes Padierna y se preguntaba si ella sabría que ahora que la esquirla le había dicho que tendría que ser él quien los sacara a todos de ese pozo inmundo estaba pensando en ella, en aquella noche que se animó a darle el clavel y en lo importante que fue para su vida que ella se lo hubiera aceptado y sobre todo que lo hubiera invitado a bailar.

"Cuando me dijeron que tenía que venir a Malvinas yo ya había sido recreado por vos, Mercedes, y entonces venir a la guerra con tu recuerdo fue también venir con aquel clavel que me hizo tan mejor de lo que era. Ahora se largó a llover a cántaros, Mercedes, y ya no me importa. Mi amigo herido está llorando y yo lo tomo en mis brazos para decirle que está bien, que no se preocupe, que esta lluvia que nos empapa a los dos y a los otros que también se fueron acercando hasta donde estamos nosotros no nos va a matar y le acaricio la frente y le vuelvo a decir que no se preocupe, que yo los voy a sacar vivos de esta zanja cada vez más llena de agua y que si hay que rendirse lo vamos a hacer juntos y reúno a todos y les digo que ahora hay que esperar a que amanezca. Me acuerdo de una canción de Sui Generis y empiezo a cantarla en voz muy baja. Los demás me escuchan y, cosa rara, nadie me pide que me calle. A ver, vamos, 'me echó de su cuarto gritándome/ no tienes profesión/ tuve que enfrentarme a mi condición/ en invierno no hay sol'. Y ya sé que no, Mercedes. Hay esta maldita lluvia que nos congela y hay tu recuerdo menos mal".

❖

—Bueno, bailemos —contestó Emilio. Y al final de esa noche le dijo a Mercedes Padierna:

—¿Sabés? En unos días me voy al sur de vacaciones y me gustaría que me extrañaras.

Ella le sonrió con todo el cuerpo y le dijo que ya vería.

La claridad estaba llegando a Goose Green y a un grupo de muchachos empapados que miraban con miedo el horizonte. Una constelación de fusiles empezó a acercarse a lo que quedaba de la trinchera y Emilio Careaga supo que esa mañana se terminaba para ellos la guerra y que ahora sabía algo más de sí mismo. Mientras seguía acariciando el pelo de su compañero se dijo que él había nacido, entre otras cosas, para que Mercedes Padierna le repitiera para siempre que esos fusiles podían ser el fin del mundo pero que no lo serán, amor, no lo serán porque una vez, cuando tenías quince recién cumplidos, estiraste el brazo y sacaste un clavel de una bandeja para dármelo.

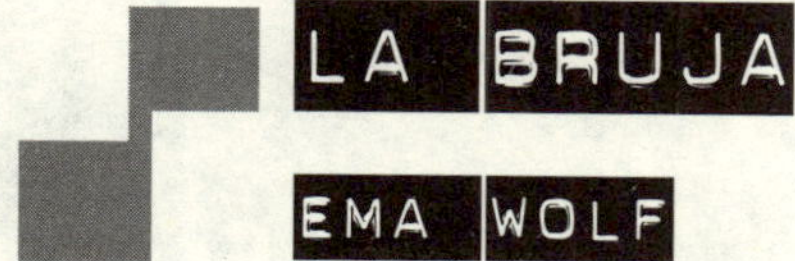
LA BRUJA
EMA WOLF

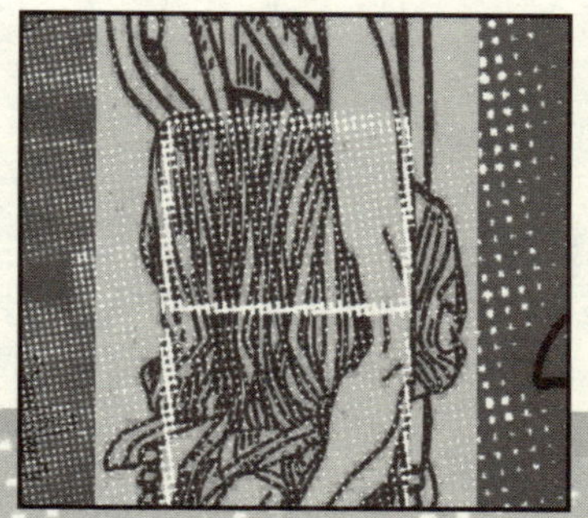

EMA WOLF

Nació en Carapachay, Buenos Aires, en 1948. Es profesora de Letras y periodista. Su obra se destaca por el humor y el espíritu paródico. Entre sus libros mencionamos *Maruja, Historias a Fernández* y *Los imposibles*. En Alfaguara ha publicado: *Perafán de Palos, La sonada aventura de Ben Malasangüe, Pollos de campo* y *Filotea*. Ha recibido numerosos premios tanto nacionales como internacionales, y es la candidata por Argentina al Premio Andersen 2001.

El estudiante desvelado clava los codos en la mesa y echa a vagar los ojos por las paredes de su guarida.

Desde un póster, Iggy Pop dispara una sonrisa de verdugo sobre un par de borceguíes que cuelgan de un clavo estrangulados por sus propios cordones. Un panel de corcho desborda de fotos y papeles arrugados. Racing Campeón posa para la estampita. Lamparones de pelotazos. Entre una guitarra y una patente de auto oxidada se apretuja la estantería donde yacen vértebras probablemente humanas, una bandurria embalsamada, un trofeo deportivo, la cabeza sangrante de Juan el Bautista, grises cáscaras de mandarinas, una media usada, dos latas de gaseosas. Más allá, el espejo duplica una campana de estación ferroviaria, una herradura de siete clavos, un oso de felpa empalado en la antena del equipo de audio, auriculares, un criptograma satánico.

Entre tantos valores atesorados, legítima y entrañable basura mural, piezas amadas por su corazón de renegado, el estudiante descubre frente a él una interesante porción de pared que increíblemente permanece blanca, limpia.

Junta las manos, entrecruza los dedos con arte y proyecta allí una sombra.

Es la sombra de una bruja.

El perfil abyecto de una bruja con el clásico sombrero en punta, el pescuezo flaco, la boca hundida y la enorme nariz que se desbarranca sobre el mentón filoso. Al no ser más que un borrón negro, las arrugas, forúnculos y grietas faciales, la mirada de pájaro rapaz, solamente se adivinan. Sobre la pared la silueta resalta como una mancha provocativa, pero no desentona en el conjunto.

El estudiante piensa que así como es, negra y aplastada, la bruja se parece bastante a su estado de ánimo. Después de todo, él la hizo.

Nota que ella mueve la boca. Sospecha que rumia, como los viejos, removiendo con la lengua fragmentos de comida, tratando de deshacerlos entre la saliva y las encías ruinosas. En realidad la bruja balbucea cosas, emite recortes de sonidos, sílabas, prueba las bisagras mohosas de la voz como si fueran las cuerdas de un instrumento abandonado. Hace mucho que no habla, se ve.

Por fin, consigue articular algo coherente.

—¡Estás en mis manos!

Al estudiante le hace gracia la frase. Es una

frase convencional, muy de bruja, poco realista en este caso.

—Vos estás en las mías, me parece.

La bruja se molesta.

—Muy ingenioso. Si quiero, te convierto en cabra.

—Yo también, si quiero. Ya mismo, antes que vos a mí.

—O en ganso, te convierto.

Él le dedica una sonrisa sesgada, ojerosa.

—Más fácil para mí: un ganso lo hago con una sola mano.

Siguen discutiendo en esa línea un poco más. Las palabras de la bruja ahora fluyen sueltas, pero su voz no dejará de desafinar.

Se la nota fastidiada, refunfuña, cloquea. Debe admitir interiormente que su presencia en la pared es frágil y depende de un capricho del estudiante.

Esa indefensión la irrita porque resiente su imagen. Le gustaría perjudicarlo, aunque sea un poco.

—¿Nunca ventilás esta pieza? —husmea—. Parece una osera. Y mirá que yo he olido cosas en mi vida. ¿No tenías nada más para colgar en la pared? ¿Un ahorcado, por ejemplo? Bueno, terminemos con esto de una vez. ¿Para qué me llamaste?

El estudiante se sopla los pelos de la frente. Quisiera rascarse pero no puede, entonces trata de olvidar que le pica.

Está seguro de que no la llamó. Tiene el ánimo sombrío y ésa es una razón suficiente para haber compuesto sobre la pared la sombra de una bruja. Pero no está bien decirle eso a ella: que el único motivo por el que hizo una bruja negra es que no se le ocurrió nada mejor, más brillante, ni esa noche ni en los últimos seis meses. Y que nunca se le ocurrirá, porque le han sido negadas todas las luces, como no sea la de la lamparita pelada de su pieza.

Le cuenta su problema.

Como un mapa, despliega sus trágicas relaciones con la aritmética, la geometría, la física, la química, la gramática, la filosofía, la biología, la literatura, la anatomía, con todo, bah. Con el examen de mañana, el de pasado, los venenosos exámenes de siempre, los trabajos escritos, el cadalso de las exposiciones en el frente. La amarga certeza de que su cabeza centrifuga todo lo que lee o escucha de sus profesores, que casi nada le entra y de lo que le entra poco le queda. Que en el momento de responder a una pregunta o enfrentar un cálculo sus neuronas se repelen entre sí o se funden en babas, su cerebro se congela o se llena de vacío, no sabe bien. La cosa es que todo mal, mal, siempre mal.

De su confesión emana una jaqueca vaga que afecta a toda la escena.

La bruja sacude el mentón y escupe nerviosamente una brizna de aire.

—Conozco eso —dice, seria—. Yo también estudié —medita, se remonta—. Hace mucho tiempo, claro... Y decime: en esos momentos –me refiero a cuando te preguntan algo– ¿no sentís como si tuvieras la mente en cal?, ¿como si entre tu cabeza y la respuesta hubiera una tapia? ¿Y a veces no sentís que tenés la respuesta, pero está tan lejos, tan en el fondo de la olla que no la alcanzás? Y te sudan las manos, y tus uñas huelen mal, y te vienen ganas de mear, y se te ablandan las piernas, y te aparece un oído de tísico y escuchás todo, tus ruidos de adentro y hasta el polvo de la tiza que cae...

Era eso.

—Ajá. Y pensás que todo está perdido, que nadie te quiere, que estás en el desierto, la nada, el mar sin orillas, solo en el páramo de los fantasmas, que sos un verme...

—¿Qué es un verme?

—Un gusano, ¡qué va a ser! Seguro que envidiás al profesor, aunque tenga zapatos feos, porque él está a salvo, es viejo, ya pasó por todo eso y salió. Si estás en el frente, pensás en la suerte que tienen tus compañeros sentados; si estás en una prueba, en la suerte de los que escriben mucho. Querés que suene el timbre, que el profesor caiga infartado sobre el escritorio, que se derrumbe el techo, que ataquen los gurkas, que entre un mono rabioso... Después viene lo peor: empezás a acordarte de las cosas felices, de tu primer triciclo, de cuando tu perro era chiquito, de lo blandita que es tu almohada, del gusto de las cerezas, de la piel suavecita de quien vos sabés, de cuando ibas al campo en vacaciones, te subías a un caballo y galopabas. Entonces te vienen ganas de llorar.

—...

—Bueno, pero no ahora.

—...

La bruja carraspea. Pausa larga. Vuela sobre la sombra una polilla, que cruza por delante de la mirada de Iggy Pop y cae muerta.

—Prefiero que me trates de usted en este caso.

—¿...?

—Digo, en el caso de que me estés pidiendo ayuda.

—¿...?

La bruja le explica que él padece un daño antiquísimo, cuyas primeras manifestaciones se remontan a los tiempos del Paleolítico Estudiantil: el viejo Síndrome del Alcornoque, que en civilizaciones menores se llamó también Pasmo del Caletre o Batata Blanca, un daño del que no se salvaron ni los príncipes ni los papas niños. Es por él que a muchos estudiantes les va mal, no pegan una, fracasan en los exámenes y hasta repiten el año cuatro veces, según la gravedad del caso.

—Los síntomas los conocés todos, me parece.

Silencio largo. El estudiante aprecia, emocionado, el tamaño histórico de su desgracia. Saber que a un flaco caldeo le pasaba lo mismo lo obliga a sentirse menos solo. Pero no menos mal.

La bruja hace chascar la lengua.

—Hay una solución.

—¿...?

—Es una fórmula. Ya deberías saber que para todo hay una fórmula en el mundo, para esto también, of course.

El estudiante presta oídos. Empieza a pensar cosas y la bruja le adivina el pensamiento. Piensa, por ejemplo, que ha de conocer la fórmula o no habría mencionado la palabra 3ayuda2.

—Por supuesto que la conozco —dice ella, solemne, expansiva, recitante—. Es la llave que abre todos los saberes desde la "a" de la aritmética hasta la "z" de la zoología, la ganzúa de Salomón, la pala que desentierra los misterios de los números irracionales, primos y compuestos, el viento que despeja todas las ecuaciones. Es la fórmula que iluminó el seso de los viejos griegos a la hora de resolver sus teoremas más peludos, por eso apenas la tengas te bastará soplar sobre los catetos para conocer la medida de la hipotenusa. Te librará del mal. Nunca dirás barbaridades, como que los arenques hacen fotosíntesis. ¡Nunca, nunca confundirás una raíz tuberosa con una fasciculada! Recordarás al toque el itinerario de todos los ríos del planeta desde el nacimiento hasta la desembocadura y si acaban en delta o en alguna otra cosa, la fecha de cada batalla y si fue victoria o derrota, el orden de los planetas y de las eras geológicas, el derrotero de todos los viajes de conquista, la lista de los presidentes argentinos, los doscientos seis huesos del cuerpo humano con su correspondiente ubicación en el esqueleto –hasta conocerás huesos que nadie jamás se rompió, mirá lo que te digo–. ¡Las recónditas ciencias a tus pies! ¡Y las artes, malas y buenas! Filósofos, sabios y poetas, encaramados sobre tus hombros, responderán, invisibles, por ti.

El estudiante la escucha extasiado. Le tiemblan las manos con la bruja en la pared.

—¿Y no voy a confundir los indicativos con los subjuntivos?

—Para nada. Ni los trapecios con los trapezoides. Lo que es, es. Ab ovo usque ad mala.

—¿...?

—Nada. ¡Vas a entender latín vos!

—¿Y voy a poder...?

La bruja, grave, beatífica, hace que sí con la cabeza.

—Te aviso que el precio es alto: en la vejez te volverás pelado como Sarmiento.

El estudiante vacila. Pero a su edad la vejez es un percance remoto que les ocurre a los desatentos.

—No me importa.

La bruja vuelve a mover la cabeza como si lo bendijera.

—¿Y es fácil la fórmula?

—¿Cómo? No te escuché. ¿Fácil, decís? ¡¿FÁCIL?! —grazna—. ¡No puedo creer que me preguntes eso! ¿Te parece que puede ser fácil algo que llevó siglos de lucubración? —ahora está erizada, desafinada—. ¿Pero vos creés que esto es cualquier cosa? ¿Una minucia? ¿Tenés idea de lo que significa semejante operación de síntesis? ¿Destilar todos los saberes hasta concentrarlos en un puñado de elementos? Y una vez reunidos los elementos primordiales, ¿te parece fácil llegar a integrarlos en una fórmula? ¿Saber cuáles van arriba y cuáles abajo? Los más preclaros seres oscuros, entre ellos mi Maestro, se pelaron mil noches sus culos de chivo para ganar semejante batalla a la ignorancia y vos me preguntás si es fácil. ¡Por supuesto que no es fácil! ¡Me gustaría verte a vos...! ¡Ahora entiendo por qué no entendés nada!

—P...

—¡Nada! No me ofusques.

El estudiante se retrae. La bruja farfulla, chirría como una veleta. Se muestra inquieta y quiere que su inquietud se note. Después, repentinamente, se sosiega y suspira de manera evidente.

Al no ser más que un borrón en la pared, lo

que refleja su cara sólo puede suponerse: una mirada de infinita piedad, ojos humedecidos, expresión de carnero degollado, gesto de materna comprensión, la limosna generosa de su mejor voluntad puesta al servicio de una buena causa lamentablemente destinada a malograrse. Con gran exhibición de pena, dice:

—Lo siento, tendría que dictártela. Y apenas hagas un gesto para agarrar el lápiz, yo, pfffff, desaparezco.

Bruja y estudiante siguen así, frente a frente, mientras la noche circula. Uno en manos del otro, desvelados... Desvelados los dos.

De a ratos, conversan.

Más bien es ella la que conversa. El estudiante siente tanta pena por él mismo y tanto cansancio... Las paredes lo aplastan con su cargamento. De a ratos se enoja, no tiene ganas de seguir sosteniendo a la bruja. Piensa en rascarse, en irse a la cama, en devolverla al sitio de donde la sacó. La bruja lo adivina:

—¿Serías capaz de hacerme eso? ¿Así pagás mi preocupación por vos? ¿Así les pagás a quienes sólo trataron de ayudarte? —dice. Él, por supuesto, le cree.

Linda compañía. Mejor hubiera hecho un gorila espulgándose. Pero la aguanta. Se la buscó.

Sabe que el amanecer borrará a la bruja porque las brujas de pared –también llamadas brujas de mano– no resisten la luz del amanecer.

Ella, como sombra que es, seguramente ignore todo sobre el peligro de la luz, por eso sigue conversando inocente y confiada –supone él– como las viejas.

Índice

Esta primera reimpresión de 1.000 ejemplares se terminó de imprimir en el mes de julio de 2003 en Color Efe, Paso 192, Avellaneda, provincia de Buenos Aires, República Argentina.